Amante secreta

Kathryn Ross

Bianca®

HARLEQUIN®

Editado por HARLEQUIN IBÉRICA, S.A.
Hermosilla, 21
28001 Madrid

AMANTE SECRETA, Nº 1635 - 14.12.05
Título original: The Millionaire's Secret Mistress
Publicada originalmente por Mills & Boon®, Ltd., Londres.

I.S.B.N.: 84-671-3167-5
Depósito legal: B-42738-2005
Editor responsable: Luis Pugni
Composición: M.T. Color & Diseño, S.L.
C/. Colquide, 6 - portal 2-3º H, 28230 Las Rozas (Madrid)
Fotomecánica: PREIMPRESIÓN 2000
C/. Algorta, 33. 28019 Madrid
Impresión y encuadernación: LITOGRAFÍA ROSÉS, S.A.
C/. Energía, 11. 08850 Gavá (Barcelona)
Fecha impresion para Argentina: 4.12.06
Distribuidor exclusivo para España: LOGISTA
Distribuidor para México: CODIPLYRSA
Distribuidores para Argentina: interior, BERTRAN, S.A.C. Vélez
Sársfield, 1950. Cap. Fed./ Buenos Aires y Gran Buenos Aires,
VACCARO SÁNCHEZ y Cía, S.A.
Distribuidor para Chile: DISTRIBUIDORA ALFA, S.A.

Capítulo 1

VAS A tener una cita múltiple esta noche?
La pregunta se le vino encima a Lucy justo cuando estaba a punto de entrar en la sala de juntas para realizar la presentación posiblemente más importante de su carrera.

–¿Cómo demonios lo sabes? –preguntó deseando no haberse puesto roja de vergüenza.

–Me lo ha dicho Mel de contabilidad –Carolyn parecía disfrutar al verla tan incómoda.

Lucy volvió a sentirse como si trabajase en una enorme pecera.

–Bueno, es sólo para divertirme –y miró a su alrededor para ver si alguien la miraba, pero era viernes y todo el personal de la oficina estaba concentrado en su trabajo para acabar pronto y poder salir corriendo a las cinco y media.

–Ya era hora de que empezaras a divertirte –continuó Carolyn–. Has estado trabajando demasiado últimamente.

–Todos estamos igual. Desde que EC Cruceros compró la empresa todos andamos preocupados por nuestros puestos de trabajo.

–Ni lo menciones. Desde que lo hicieron público hace un mes, apenas he pegado ojo, y ni siquiera estoy en el departamento de dirección.

–Seguro que a partir de la semana que viene, cuando

vengan los nuevos propietarios a hablar con nosotros, todo se tranquiliza. Tal vez no haya despidos y todo siga igual.

–Eso no es lo que se rumorea –susurró Carolyn–. Dicen que EC Cruceros es una empresa despiadada. Absorben a sus competidores para desmontar la compañía después.

Eso mismo había leído Lucy sobre la empresa, junto con otra serie de datos nada tranquilizadores.

–No sirve de nada preocuparse –dijo con firmeza, intentando no pensar en ello–. Tenemos otras cosas en las que pensar en este momento.

Levantó la vista y vio que el director general y otros miembros de la junta directiva se dirigían a la sala de juntas. Carolyn tenía razón. Había estado trabajando sin descanso para preparar el informe que presentaría aquella tarde. Ojalá no hubiera sido una pérdida de tiempo ahora que le empresa había sido comprada por otra compañía.

–Desearía poder mantener la calma como tú en los momentos de crisis.

–¿Eso crees de mí? –Lucy sacudió la cabeza. Había pasado por momentos en los que no había sido capaz de mantener la calma en absoluto.

–Desde luego. Cada vez que veo a la rata que tienes por ex marido, me maravillo de que puedas soportar verle todos los días en el trabajo.

–He logrado llegar a un entendimiento con él.

–Siempre fuiste demasiado buena para él –continuó Carolyn secamente.

–Gracias por el voto de confianza –Lucy sonrió a su amiga y cerró su maletín mientras se preguntaba si alguna vez podría espantar definitivamente al espectro de su ex marido.

En ese momento lo vio pasar frente a ella. Kris tenía seis años más que Lucy, treinta y cinco, y seguía conservando su atractivo, con su pelo rubio y sus ojos azules. Para Lucy, ese tipo de hombres ya no le gustaban, de hecho, ya no le gustaba ninguno.

Lo único que la había llevado a aceptar esa cita múltiple había sido que Mel no había aceptado su negativa.

–Sólo tienes que dedicarle tres minutos a cada uno –había explicado ella–, y si no te gusta ninguno, te vas a casa y no tienes por qué volver a verlos –en teoría no sonaba mal del todo. Tres minutos era el máximo de tiempo que estaba dispuesta a dedicarle a un hombre.

Entonces se dio cuenta de que Kris no estaba solo. Lo acompañaba otro hombre más alto que él y más fuerte. Lucy siempre había pensado que Kris tenía un buen físico, pero al lado de aquel hombre, parecía insignificante. ¿Quién sería? En ese momento sus miradas se cruzaron. Era muy atractivo: ojos negros y mirada intensa, pelo oscuro y rasgos firmes. Parecía español o tal vez latinoamericano. Él le sonrió, ella le devolvió la sonrisa y después él apartó la mirada.

Lo que estaba claro era que no necesitaba más complicaciones en el trabajo. Bastantes tenía ya, y como para dejárselo claro, Carolyn seguía hablando sobre su ex marido y lo mucho que se arrepentiría algún día de lo que había hecho.

–¡Carolyn! –interrumpió Lucy mirando a su alrededor–. No me apetece nada hablar de esto, y menos aquí.

Lucy era de la opinión de que la persona que hubiera diseñado las oficinas abiertas y comunes debía ser llevado a juicio. Carolyn miró a su alrededor e hizo una mueca.

–Lo siento. Te llamaré más tarde.

–Buena idea.

Lucy dejó la carta que Carolyn le había llevado sobre la mesa con más violencia de la necesaria. Carolyn era una buena amiga, pero a veces se excedía con los comentarios, y Lucy estaba cansada de ser el objetivo de todos los comentarios. ¿Cuándo se iba a cansar la gente de comentar su ruptura matrimonial?

Lo que tenía muy claro era que nunca volvería a salir con nadie del trabajo. Kris no trabajaba allí cuando lo conoció; había sido ella quien le había ayudado a conseguir aquel trabajo, pero tenía que dejar de pensar en él.

Con la cabeza bien alta, recogió su maletín y echó a andar hacia la sala de juntas.

Llevaba un traje de pantalón de raya diplomática y una blusa blanca y la larga melena castaña recogida. Algunos de sus compañeros levantaron la vista de su trabajo al verla sentarse en la mesa de la sala de juntas, pero ella no se daba cuenta de las miradas de admiración que provocaba. Estaba muy ocupada repasando datos en su mente.

Kris entró tras ella.

–Ah, Lucy, aquí estas –dijo, como si ella hubiera estado escondida–. Señor Connors, quiero presentarle a la jefa del departamento de márketing, Lucy Blake. Lucy, éste es el señor Connors, que ha venido a vernos desde la sede de la empresa, en las islas Barbados.

Al ponerse en pie, Lucy se encontró con el hombre que le había sonreído desde el pasillo. En ese momento su mente se quedó en blanco y olvidó lo irritante que podía ser Kris para sumergirse en la mirada más sexy que había visto nunca.

–Encantado de conocerlo, señor Connors –no se había imaginado lo increíblemente guapo que era aquel hombre. Ella era bastante alta y nunca se había sentido pequeñita al lado de ningún hombre, excepto al de él. Debía medir más de dos metros. Tenía el pelo oscuro y ligeramente ondulado, y sus facciones eran arrebatadoras.

Cuando él sonrió a modo de respuesta sus labios se curvaron de un modo de lo más sensual. ¿Qué se sentiría al ser besada por aquel hombre? Se preguntó. Ser abrazada por él y... bueno más que abrazada... El estómago le dio un vuelco de emoción.

Horrorizada, apartó los ojos de él. Nunca antes se había estremecido de ese modo por nadie. Tal vez llevara demasiado tiempo sola, pensó, y para compensar, puso su tono de voz más frío y profesional.

—Bienvenido a Londres —dijo, ofreciéndole la mano.

—Gracias —dijo él, como si su formalismo lo hubiera divertido y respondiéndole con un firme apretón de manos—. Por favor, llámame Rick.

Lucy no alargó el contacto más de lo estrictamente necesario; el sentir el calor de su piel le hizo sentir inquieta, pero inclinó la cabeza y murmuró.

—Rick —el sonido de aquel nombre en sus labios era de lo más provocador.

Se hizo un silencio mientras ella lo miraba.

—El señor Connors ha venido a evaluar cómo se realiza la gestión en la oficina de Londres —dijo Kris, rompiendo el silencio—. Se quedará con nosotros una semana y durante ese tiempo te agradeceríamos que lo ayudaras en todo lo posible, respondiendo a sus preguntas y mostrándole cómo funciona tu departamento y cómo hemos logrado ser una de las líneas de cruceros más rentables del sector.

¿Por qué hablaba Kris como si se hubiera tragado uno de sus folletos publicitarios? Lucy lo miró y le dedicó una cálida mirada de aprobación, completamente falsa, por supuesto, se recordó Lucy.

–Por supuesto –dijo Lucy, preparándose antes de mirar a Rick Connors de nuevo.

Él la miró.

–Bueno, ésa es la teoría del asunto, pero podemos dejar las formalidades de lado.

¿Sería americano de origen español? Se preguntó. Pero a pesar de su piel morena, su nombre no era español y su acento no lo delataba.

El director general, John Layton, se acercó a hablar con ellos.

–Me alegro de volver a verte, Rick –se estrecharon la mano–. Veo que has conocido a Lucy. He de decirte que es un miembro irremplazable de nuestro equipo... irremplazable. Va a hacer una presentación hoy sobre los cruceros de la próxima temporada.

–Sí, eso me han dicho, y estoy deseando escucharla –respondió Rick. Algo en el modo en que lo dijo hizo que ella se sintiera aún más nerviosa.

Mientras ellos se dirigían a otros miembros de la junta, Lucy ojeó sus papeles por última vez. Había preparado bien su exposición y no tenía por qué haber ningún problema.

–¿Quién es ese hombre tan atractivo? –preguntó Gina, su secretaria, cuando se sentó junto a ella. Lucy siguió su mirada y sonrió.

–Es el señor Connors, ha venido de la nueva compañía, de Barbados, para hacernos un seguimiento –le dijo brevemente–. Es una especie de espía, supongo, para asegurarse de que todos hacemos bien nuestro trabajo antes de que lleguen los nuevos jefes la semana que viene.

–¡A mí puede hacerme todos los seguimientos que

quiera! –declaró Gina con vehemencia–. ¡Está para morirse!

–Y probablemente también esté casado y con tres hijos.

–Probablemente... –accedió Gina con tono soñador–. Lo que me recuerda... ¿Has oído lo que dicen por ahí?

–¿Sobre qué? –preguntó Lucy mientras revisaba las diapositivas que iba a mostrar–. ¿Has encontrado el archivo que te pedí?

–Sí, me costó un poco porque me distrajeron. Me crucé con una persona en el pasillo que me contó una noticia de lo más sorprendente.

–¿Qué te dijo? –Lucy no levantó la vista de sus papeles. Gina dudó. Estaban pidiendo silencio para comenzar la junta–. ¡Gina, suéltalo ya!

–Parece ser –respondió entonces, inclinándose hacia ella–, que la novia de tu ex marido está embarazada. Alguien la vio y está al menos de nueve meses.

Lucy se sintió mareada. Se maldijo a sí misma por sentirse de ese modo. Ya no estaba casada con él y no le importaba.

El director general estaba hablando y el silencio había caído sobre la sala.

–¿Lucy?

Apenas era consciente de que todo el mundo la estaba mirando a la espera de que empezara su presentación.

Se puso en pie con desgana. Por un segundo, se quedó completamente en blanco. Bajó la mirada y sus ojos se encontraron con los de Kris. La sensación de mareo aumentó.

Kris parecía mirarla con mucha atención, tal vez pensando que iba a estropearlo todo. Eso hizo que se repusiera rápidamente.

–Querría presentarles la propuesta de cruceros para la próxima temporada –echó un vistazo a sus notas y continuó la presentación con voz clara, confiada y tono profesional.

Rick la miraba impresionado. Le gustaba el modo en que atraía la atención de toda la sala, su eficiencia y su exposición calmada. Estaba claro que había hecho sus deberes, pero había algo en ella que lo intrigaba. Tal vez era esa pizca de vulnerabilidad escondida bajo su tono profesional y confiado, o tal vez el hecho de que había un cuerpo muy sexy bajo aquel traje tan profesional.

Después del pase de diapositivas, las luces se encendieron y ella pasó al turno de preguntas. Ella recorrió la mesa con la mirada y sus ojos se encontraron durante un momento muy breve, porque enseguida miró a otro lado.

Hubo un par de preguntas sobre análisis financiero que ella respondió sin dudarlo y después pasaron a aspectos más generales. John Layton expuso su parecer, al igual que uno de los contables, y después se acabó. Mientras todos recogían sus papeles, Rick se dirigió a ella.

Ella levantó la vista y él volvió a notar esa vulnerabilidad.

–Ha sido una presentación muy buena –dijo él.

–Gracias –Lucy sonrió brevemente y continuó recogiendo sus cosas.

–Sólo hay una cosa que quiero decirte.

–¿Qué?

Ella volvió a mirarlo y él observó cómo se colocaba un mechón de pelo detrás de la oreja. Casi podía oír su cerebro trabajar, buscando datos y referencias.

–¿Quieres cenar conmigo esta noche?

Le quedó muy claro que la había pillado por sorpresa. Después ella apartó la mirada.

–Lo siento, no puedo. Esta noche estoy ocupada.

–¿Qué te parece mañana, entonces? –Rick no era de los que abandonan con facilidad.

–Mañana tampoco puedo –acabó de guardar los papeles en el maletín y lo cerró–. Gracias por la invitación –dijo educadamente–. Nunca mezclo el placer con el trabajo, es una mala combinación.

Rick la miró alejarse y sonrió. Hacía años que no lo rechazaban con tanta decisión y encontró en ello un reto muy motivador. Le gustaba su espíritu, lo intrigaba.

Capítulo 2

RICK levantó la vista del periódico mientras la camarera le dejaba su bourbon con hielo sobre la mesa.

—Gracias, Stacie —dijo él, tras leer la chapa en la que ponía su nombre.

Ella sonrió mientras se alejaba y él tomó el vaso mientras echaba una mirada a su alrededor. Desde luego, aquel hotel, el Cleary's, se merecía sus cinco estrellas, con sus altos techos decorados con elaboradas molduras y lámparas de araña. Le gustaban especialmente los suelos de madera clara, cubiertos parcialmente con alfombras egipcias, y las chimeneas encendidas. De todos los hoteles que poseía, aquél era uno de sus favoritos, sin duda alguna. Aquel lugar tenía una elegancia intemporal.

En el exterior, la calle Kensington se veía gris. Empezaba a llover y corría un viento gélido. Había olvidado lo mucho que lo disgustaba Londres en enero. Aquel lugar era como un agujero. Cuanto antes acabara con los negocios que lo retenían allí, mejor, así podría volver a su casa en Barbados.

Un taxi negro aparcó frente a la entrada y de él se bajaron dos mujeres. Rick las observó luchar contra el viento mientras una de ellas se sujetaba una boina negra a la cabeza y el cabello rubio se le revolvía. La otra se abrazaba a un abrigo beige que se levantaba travieso, dejando ver una pierna bien formada. Ambas reían a carcajadas mientras corrían hacia la puerta.

—¿De quién ha sido esta idea tan brillante? —preguntó la rubia nada más llegar a la entrada, quitándose el abrigo para descubrir un vestido negro de lo más revelador.

Y sin embargo fue la morena la que atrajo la atención de Rick. La había reconocido nada más salir del taxi. ¿Qué estaba haciendo Lucy en el Cleary's? se preguntó, intrigado.

—De hecho, ha sido idea tuya —dijo ella, riendo con su amiga—. Y no sé cómo me he dejado convencer, cuando lo lógico hubiera sido quedarse en casa con una botella de vino frente al fuego.

—¿Y desde cuándo dejas que la lógica gobierne tu vida? Vamos a tomar una copa de vino y a echar un vistazo a esos bombones.

—¿Bombones? ¡Eres muy optimista!

—Búrlate todo lo que quieras, pero el mismísimo George Clooney podría estar esperándome al fondo del pasillo.

—Me parece que el único hombre que puede haber tenido ganas de salir hoy es el Pato Donald.

Las dos se echaron a reír. Rick sonrió y las observó pasar por delante de la recepción. Sus voces se apagaron en la distancia y una sensación de vacío se apoderó de la sala. Rick se acabó la copa y se dejó vencer por la curiosidad.

—Buenas tardes, señor Connors —saludó el recepcionista cuando pasó a su lado.

—Buenas tardes —acababa de ver una flecha que señalaba uno de los salones en la que decía: *Cita múltiple en el salón Mayfair*—. ¿Desde cuándo se realizan en el hotel «citas múltiples».

—Ésta es la primera, señor Connors.

–¿En serio? ¿Y a quién se le ocurrió la idea?

–Debió ser a Julie Banks, la jefa de proyectos. ¿Quiere hablar con ella? Aún está en su oficina.

–No, no es necesario, gracias –Rick se marchó de la recepción y se dirigió por los interminables pasillos hasta el salón Mayfair.

Una vez allí vio que las puertas estaban abiertas y había mucha gente. Enseguida localizó a Lucy sentada en una de las banquetas del bar del fondo de la sala. Se había quitado el abrigo y llevaba un jersey de angora azul y falda del mismo color. Rick observó sus largas piernas hasta los zapatos de tacón beige y azules. Lucy Blake tenía mucha clase, pensó.

En el centro de la sala había una mujer de mediana edad dando órdenes a una empleada. Llevaba gafas y un traje muy formal. Tenía un aspecto eficiente que no dejaba lugar a dudas de quién estaba al mando. Rick iba a dirigirse a ella cuando vio a la jefa de proyectos entrar por la puerta.

–Señor Connors, me han dicho que deseaba verme –dijo ella sin aliento–. Soy Julie Banks, jefa de proyectos. ¿Hay algún problema? ¿Puedo ayudarlo en algo?

–No ocurre nada en absoluto Julie, sólo estoy curioseando –dijo, para tranquilizarla–. Me preguntaba qué respuesta había tenido esta iniciativa de organizar citas múltiples.

Ella pareció aliviada.

–Bueno, como puede ver, la aceptación ha sido muy buena. Hemos estado buscando ideas para ocupar estos salones fuera de los grandes eventos. La semana pasada se celebró un seminario de artesanía que tuvo mucho éxito, pero...

–Si me perdonas, Julie, voy a hablar con la organizadora un momento.

–Oh, pero no es una empleada del hotel. Ella se dedica a organizar estas citas múltiples en distintos hoteles.

–No importa, Julie –Rick se alejó de ella, pero ésta lo siguió algo nerviosa.

La organizadora estaba revisando sus papeles cuando Rick llegó junto a ella.

–Su nombre, por favor –dijo, sin levantar la vista de la carpeta.

–Rick Connors.

–C... Connors. Su nombre no aparece en la lista. ¿Ha pagado la inscripción? –seguía con la mirada fija en los papeles.

–Señora Sullivan, lo ha malinterpretado –apuntó Julie Banks–. El señor Connors es el dueño del hotel

–No me importa quién sea, señora Banks. Si su nombre no está en la lista, no puede participar en la cita –y le lanzó una mirada gélida a la joven.

–El señor Connors no está interesado en participar –Julie parecía horrorizada–. No lo entiende... Es el dueño de este hotel y...

–Quiero participar, pero con cinco minutos al final, me conformo –interrumpió Rick para horror de Julie–. Sólo quiero hablar con una mujer en especial.

–Pero no es así como funciona esto, señor Connors –al mirarlo, la señora Sullivan suavizó su tono de voz–. La idea es pasar unos pocos minutos con cada persona para valorar a qué mujer desea volver a ver. Tiene que marcar su nombre en la casilla, y si ella marca también el suyo, les pondremos en contacto.

–Sí, pero yo ya sé a qué mujer quiero volver a ver, así que me gustaría saltarme los preámbulos. Y le pagaré, por supuesto.

–Esto es muy irregular –dijo la señora Sullivan, algo agobiada.

Rick le sonrió.

–Lo sé, pero puede ser divertido, si a usted no le importa flexibilizar las reglas por una vez...

–Bueno... supongo que podría hacerlo –dijo ella colocándose las gafas.

–Es muy amable de su parte, señora Sullivan. Se lo agradezco mucho.

–Te dije que habría mucha gente –le dijo Mel al oído.

–Tenías razón –apuntó Lucy, pero su atención se centraba en sus zapatos nuevos. No se los tenía que haber puesto esa noche; los tacones eran muy altos y la estaban matando.

–Así es como se conoce gente hoy en día. Es perfecto para profesionales como nosotras, porque tienes treinta citas en una noche. ¿Qué más puedes pedir?

–Hmm... tal vez un baño caliente, un buen libro... Eso sí me suena bien.

–¡Oh, no digas tonterías! Lo que pasa es que tienes miedo de volver a estar con alguien.

Por algún motivo le vino a la mente la imagen de Rick Connors invitándola a cenar. Si no hubiera tenido relación con la compañía, se habría sentido tentada de aceptar.

–¡No tengo miedo de nada! –exclamó Lucy–. Y he tenido algunas citas desde mi divorcio, así que no puedes decirme que vivo como una monja.

–Unas cuantas citas que te dejaron en casa antes de las diez con una taza de chocolate caliente en las manos –se burló Mel.

–Bueno, no me gustó ninguno de ellos –se justificó ella–. No podía seguir con ellos si no había... chispa.

–¿Y qué pasó con ése tal Ryan? Era muy guapo. ¿No te gustaba? –insistió Mel.

–Bueno, para empezar, me mintió –respondió ella encogiéndose de hombros–. Me dijo que nunca había estado casado y a mitad de la cena reconoció que estaba divorciado y que había abandonado a su mujer. Eso me predispuso negativamente.

–Por Dios, Luce. Si lo que buscas es al hombre perfecto, nunca lo encontrarás. No existen tales criaturas.

–Sí, pero ya sabes lo que pienso de las mentiras. Me di un atracón de ellas mientras estuve casada con Kris. No quiero un hombre que no pueda ser sincero.

–Tal vez estaba disgustado por su divorcio.

–Tal vez –concedió Lucy.

–En cualquier caso, creo que ves a los hombres de un modo incorrecto. Tú no quieres volver a casarte, ¿verdad?

–¡No! –respondió ella sacudiendo la cabeza.

–¿Y vivir con alguien?

–Quiero ser independiente –declaró Lucy con firmeza–. Ha de pasar mucho tiempo hasta que vuelva a hacer una de esas dos cosas, si es que vuelvo a hacerlas –pero por un momento pensó en que había deseado tener un hijo... No le había dicho a Mel que la novia de Kris estaba embarazada por lo mucho que le dolía hablar de ello.

–Tienes que ver tus relaciones con los hombres de otro modo, según otros criterios –continuó Mel.

–Tienes razón.

–Estás buscando un hombre que te haga arder la sangre, nada más. No importa que sea de los que aceptan el compromiso, porque lo que estás buscando es una relación sin ataduras y sofisticada. Y, créeme, no hay nada más excitante que eso. Caer en la cama para tener una relación sexual salvaje y apasionada, tener encuentros secretos... la vida real no tiene por qué interponerse en todo eso. Después la novedad se acaba y pasas a la siguiente conquista.

–No creo estar preparada para eso, Mel –dijo Lucy en voz baja. En realidad, no sabía si lo estaría algún día. Todo eso sonaba muy moderno para ella–. No creo que eso sea para mí.

–Escucha, lo que necesitas es divertirte un poco, nada más –insistió Mel.

–En eso te doy la razón, pero un poco de flirteo será suficiente para eso –Lucy tomó un trago de vino y trató de mantener el ánimo alegre–. ¿Has localizado ya a George Clooney?

–Pues lo cierto es que acabo de ver a un hombre increíble hablando con la organizadora. Estoy deseando que lleguen mis tres minutos contigo, George.

Lucy se giró en su silla para localizarlo.

–¿Dónde está? No puedo verlo.

–Estaba ahí hace un momento. Vaya, parece que se ha ido, pero recuerda que lo vi yo primero.

–De acuerdo, lo recordaré –accedió Lucy.

La organizadora les estaba llamando para que tomaran asiento en las mesas colocadas en la pista de baile, así que no había tiempo para conversación.

En cuanto Lucy se sentó, un hombre se colocó frente a ella y empezó el juego. Era divertido hablar con una persona nueva cada poco rato. No daba tiempo a sentirse extraño y el tiempo voló entre risas.

Ninguno de aquellos hombres le hizo arder la sangre en las venas, aunque hubo uno, Mark Kirkland, que resultó ser medianamente interesante y no era feo del todo, así que marcó la casilla con su nombre.

–¿Qué hace una chica como tú en un sitio como

éste? –una voz muy sensual la interrumpió cuando escribía la nota sobre Mark.

–He de decir que no es una frase muy original –al levantar la vista se encontró con la mirada oscura y profunda de Rick Connors.

Capítulo 3

QUÉ ESTÁS haciendo aquí? –una oleada de sorpresa la sacudió por completo, junto con otras inexplicables y preocupantes emociones.

–Acabas de decirme que esa pregunta es muy poco original.

–Sí... pero... –su cerebro parecía haber dejado de funcionar–. En serio, ¿qué estás haciendo aquí?

–Soy cliente del hotel.

–¿La compañía te ha alojado en el Cleary's?

–¿Tan extraño te parece? –preguntó él al ver su expresión asombrada.

–Pues sí. Este hotel cuesta una fortuna, así que EC Cruceros debe ser muy generosa con sus empleados.

–Le gusta portarse bien con los empleados.

–Eso está bien –dijo Lucy–. Tal vez así hagan algo acerca de la máquina de bebidas de la oficina.

–¿Es mala?

–¿Has probado el café y has visto cuánto cuesta? –preguntó ella enarcando una ceja.

–No, pero gracias por la advertencia. Lo pondré en mi lista de cambios recomendados.

Ella quería preguntarle si ése era su cometido en la empresa, recomendar cambios, pero tal vez aquél no fuera el lugar ni el momento.

–¿Entonces es cierto que la compañía te da alojamiento aquí para toda la semana? –preguntó ella para conversar.

Por un momento Rick dudó y contempló la posibilidad de decirle la verdad: que no era un empleado más de EC Cruceros, sino el propietario de la compañía y también de la cadena hotelera a la que pertenecía el Cleary's. Abrió la boca y entonces vio la cándida belleza de sus ojos verdes y volvió a cerrarla. Le gustaba cómo se comportaba Lucy con él y que no intentara impresionarlo y complacerlo como hacía el resto de la gente. Su naturalidad contrastaba con la forma en la que todos quedaban impresionados por su poder y su riqueza. Además, se suponía que estaba allí para inspeccionar su nueva adquisición desde las raíces. No quería que nadie supiera quién era aún, pues se lo pondría más difícil a la hora de valorar las cosas. La única persona que conocía su verdadera identidad era John Layton.

–Lo cierto es que este hotel pertenece a EC Cruceros –dijo encogiéndose de hombros–, así que me han buscado un hueco en un cuarto trastero.

–Eso tiene sentido –Lucy le sonrió–. ¿Has tenido antes una cita múltiple?

–No, esto es nuevo para mí. De hecho, te he visto llegar y te he seguido. Quería saber por qué has rechazado mi invitación para cenar.

–Mi secreto ha sido descubierto. Tenía un compromiso con treinta hombres –rió ella.

–¿Haces esto a menudo?

–No –sacudió la cabeza–. Me ha convencido una amiga. Esto es una nueva experiencia.

–¿Y qué te parece?

Ella apartó la mirada de él. Lo que estaba pensando en ese momento era lo atractivo que era. Llevaba un traje que parecía caro y le sentaba muy bien sobre los anchos hombros. La camisa, impecablemente planchada, descubría en el cuello una piel bronceada. Su pelo negro brillaba bajo la luz y tenía los ojos más sexys del mundo que además le quemaban cuando la miraba.

Al darse cuenta de que estaba esperando una respuesta, se recompuso y dijo:

—Es divertido.

—Pues yo me alegro de haber entrado —dijo con un tono seductor que, unido al modo en que la miraba, le hizo subir la temperatura corporal—, y además estoy conociendo mejor a la gente de la oficina de Londres.

Lucy veía aliviada cómo la conversación se iba relajando y le devolvió la broma.

—Pues si esto es parte de tu trabajo de valoración para la empresa, te diría que te estás excediendo en tus responsabilidades.

—Me pagan bien las horas extras, así que no me importa —se encogió de hombros y sus labios dibujaron una atractiva sonrisa—. Entonces... ¿Has marcado ya muchos nombres en esa hoja?

Lucy dudó y después decidió seguirle el juego.

—Sólo uno, ¿y tú?

—Sólo uno —dijo, mirándola a los ojos.

—No he visto tu nombre en la lista —dijo, cuando consiguió dejar de mirarlo para examinar el papel.

—Es que no está. Soy un participante de última hora, gracias a que la señora Sullivan me dejó pasar. Puedes escribir mi nombre a lápiz al final —dijo—. O mejor aún, podemos prescindir de las formalidades: ¿vamos a tomar una copa al bar?

La pregunta, ya sin bromas, la tomó por sorpresa.

—¿Cuándo?

–Ahora. No dejes para mañana lo que puedas hacer hoy, y además debes estar sedienta después de tanto hablar.

En su mente se encendieron todas las señales de alarma. Aquel hombre era demasiado atractivo... y estaba afectando de un modo muy extraño a sus sentidos. De repente sintió que estaría más segura rechazando la propuesta.

–Gracias por el ofrecimiento, pero no creo que sea una buena idea.

–¿Por qué no? –no pareció afectado por su rechazo.

–Ya te lo dije. No quiero implicarme con nadie del trabajo.

–Comprensible –aceptó él–, pero yo no cuento como compañero de trabajo. Después de todo, sólo voy a estar en este país una semana.

–Sí, pero a pesar de todo tendremos que trabajar juntos el lunes, así que...

–Con más motivo para empezar a conocernos cuanto antes –puso los codos sobre la mesa y la miró, divertido–. Sólo te estoy sugiriendo que tomemos una copa, el pasar a la cama es opcional –observó cómo cambiaba de color y su sonrisa se ensanchó aún más–. Lo siento, ¿te he incomodado?

Eso era poco para lo que le estaba haciendo. Por algún motivo, el pulso se le había acelerado de un modo imposible cuando él mencionó lo de pasar a la cama.

–No, por supuesto que no, pero te aseguro que acostarme contigo es lo último que se me ha pasado por la cabeza –dijo, con un esfuerzo supremo.

–Vaya, qué lástima –rió él.

Lucy se dio cuenta entonces con alivio de que la cita múltiple había terminado y que la mayoría de la gente estaba de pie hablando. Mel estaba hablando con la organizadora.

–Creo que esto ya se ha acabado –dijo ella, levantándose–. Mi amiga y yo hemos venido juntas, así que supongo que compartiremos taxi a la vuelta. Tengo que marcharme –Rick también se levantó y ella volvió a darse cuenta de lo pequeñita que se sentía a su lado–. Lo he pasado bien hablando contigo, Rick –se despidió ella, pero en ese momento apareció Mel a su lado.

–Hola –dijo ella dedicándole una brillante sonrisa a Rick y apartándose la rubia melena–. Creo que ha habido un error de organización, porque no nos hemos conocido. Me llamo Melanie Roberts.

–Hola, Melanie –dijo Rick calurosamente, estrechándole la mano–. Soy Rick Connors. Lucy y yo nos conocemos del trabajo.

–Oh, yo trabajo en el departamento de contabilidad, pero no te he visto por la oficina –Melanie le lanzó una mirada de sorpresa a Lucy que quería decir: «¿Cómo no me has presentado a este hombre?»

–Rick es de la nueva oficina de Barbados, y ha venido a valorar las operaciones que se realizan desde Londres –explicó Lucy–. Ha llegado hoy.

–Todavía no he pasado por todos los departamentos –explicó él.

–Oh, ya veo.

Mel empezaba a parecer una cotorra y Lucy empezó a irritarse. Además, ¿por qué tenía que mirar a Rick con tanta adoración?

–Acababa de sugerirle a Lucy que tomáramos una copa en el bar, pero me ha dicho que ibais a tomar un taxi enseguida –informó él.

Mel miró a Lucy como si estuviera loca.

–No tenemos por qué marcharnos inmediatamente, Lucy –dijo poniendo mucho énfasis en sus palabras–. Seguro que tenemos tiempo para una copa.

Antes de que Lucy pudiera decir nada, Rick dijo:

–Entonces está claro. ¿Vamos hacia el bar?

–Genial –respondió Mel, ignorando la mirada asesina de Lucy y tomando a Rick del brazo–. Entonces, ¿cuánto tiempo piensas pasar aquí, Rick?

–Sólo una semana.

–¿Y después vuelves a Barbados?

–Efectivamente.

La señora Sullivan fue a pedirles sus hojas.

–Si han sido seleccionadas, nos pondremos en contacto con ustedes mediante correo electrónico o por teléfono.

Lucy entregó su hoja y, sin más opción, siguió a Mel y a Rick al bar.

–Me encantaría ir a Barbados. Y a Lucy también, ¿verdad, Lucy?

–Bueno, yo...

–De hecho ella estaba diciendo el otro día lo bien que le vendría un poco de sol –continuó Mel.

–Deberíais tomar uno de los cruceros que tan bien vendéis –dijo Rick mirando a Lucy.

–Yo vuelo de vez en cuando a Miami a inspeccionar los barcos, pero nunca hay tiempo para relajarse al sol.

Rick la miró con una ceja enarcada.

–¿Cómo puedes vender algo que nunca has probado?

–Tengo todos los datos de los cruceros al alcance de la mano y no necesito más.

–Bueno, desde luego, sabes hacer tu trabajo. Eso ha quedado claro en la exposición de esta mañana.

El bar se había llenado, pero consiguieron encontrar una mesa en un rincón. Como la camarera no aparecía, Rick decidió ir a pedir a la barra.

–¿Qué queréis tomar? –preguntó–. ¿Os apetece un cóctel?

Las dos pidieron un margarita.

–Es muy guapo –dijo Mel, soñadora, viéndolo alejarse hacia la barra.

–Supongo que sí lo es –concedió Lucy–. Aunque un poco insistente. Le había rechazado la invitación.

–Y menos mal que llegué yo a salvar la situación. En serio, Lucy, no se le dice que no a un hombre como él.

–Es de la empresa, y ya conoces mis reglas.

–Entonces es hora de tirar tu código a la basura –afirmó Mel–. Pero si no lo quieres... hey, yo lo vi primero.

–¿Él es el hombre que viste antes?

–Claro que sí. ¿Cuántos hombres como él has visto por la zona? Yo intentaría quitártelo, pero por desgracia sólo parece tener ojos para ti, así que perdería la batalla.

–Eso es una tontería. Ha venido por negocios y por muy poco tiempo. Eso es todo.

–Tal vez, pero a pesar de todo, le gustas. Lo veo claramente, así que dentro de unos minutos, me inventaré una excusa y me marcharé.

–¡Mel! ¡Ni se te ocurra! –Lucy no pudo decir nada más porque en ese momento llegó Rick.

–¿Por qué brindamos? –preguntó él.

–¿Qué tal por las citas múltiples? –sugirió Mel.

–Muy bien, por las citas múltiples –brindó Rick levantando su copa.

Una camarera se detuvo junto a su mesa.

–¿Quiere que le traiga algo, señor Connors?

–No, gracias. Estamos servidos –dijo él con una sonrisa.

–Bien. Si necesita algo, no dude en llamarme –dijo ella, con una sonrisa coqueta.

–El personal es muy atento aquí, ¿verdad? –apuntó Mel–. Y además, ha recordado tu nombre.

–Sí, está claro que están bien formados. El toque personal es muy importante, ¿no os parece? –murmuró Rick.

Aunque estaba de acuerdo con él, Lucy pensaba que cualquier mujer con sangre en las venas recordaría el nombre de Rick. Y la mujer que se enamorara de él, estaría metida en apuros: tenía la etiqueta de «rompecorazones» grabada en la frente. Se preguntó si tendría una novia que lo esperara pacientemente en Barbados. Qué tontería. Seguro que tenía a alguien esperándolo.

–Es mi móvil –dijo Mel de repente, sacando el teléfono de su bolso.

–Yo no he oído nada –dijo Lucy, sospechando que su amiga lo había inventado.

–Pues sí. Tengo un mensaje –Mel miró la pantalla–. Oh, creo que tengo que marcharme. Es de mi madre. Me está esperando –se levantó de un salto de la mesa–. Lo siento.

Evitó mirar a Lucy, que tenía cara de malas pulgas, y sonrió a Rick.

–Me ha encantado conocerte, Rick. Tal vez volvamos a vernos hasta que vuelvas a la sede.

–Eso espero, Mel –sonrió él–. También a mí me ha gustado conocerte.

–Y no la dejes –dijo señalando a Lucy– correr a casa demasiado temprano. Contrariamente a lo que piensa, su ropa no se convertirá en harapos cuando den las doce.

–Muy graciosa, Mel –dijo Lucy secamente mientras su amiga se marchaba.

–Así que solos por fin –dijo Rick con una sonrisa.

Su sonrisa bromista y el modo en que la miraba hizo que ella volviera a sentirse inquieta.

–No sé dónde va Mel tan deprisa. Su madre vive en el sur de Francia desde hace un año.

–Tal vez haya olvidado que tenía una cita romántica

–Tal vez –murmuró Lucy–. O tal vez se haya llevado una impresión equivocada sobre nosotros.

Rick la miró con atención. No tenía duda alguna sobre ello: Lucy era una mujer extraordinariamente atractiva. Y el hecho de que todo en ella le decía que quería mantener las distancias, lo intrigaba sobremanera.

–No tengo ni idea de dónde ha podido sacar esa impresión –dijo con ironía.

–Le he dicho que éramos colegas de trabajo, pero no me ha creído.

La mirada de Rick se distrajo por un momento al verla cruzar las piernas por lo sensual de sus curvas. Cuando volvió a mirarla, vio que ella se había percatado de su escrutinio y por un momento brilló una chispa en sus ojos que le hizo intuir que ella no era del todo inmune a sus encantos. Le sonrió y ella se sonrojó y apartó la mirada de él.

–Entonces, ¿qué impresión has sacado de la oficina de Londres? –preguntó ella.

Ella acababa de levantar una barrera entre él y su privacidad. No era el tipo de reacción a la que Rick estaba acostumbrado en una mujer, y eso le divirtió y le hizo sacar su espíritu de lucha.

–Me parece que tiene muchas posibilidades –dijo él lentamente–. Tiene capacidad para desarrollarse.

–¿Eso quiere decir que puede mejorar?

–Tal vez –dijo él con una sonrisa–. Siempre se puede mejorar, ¿no?

–Supongo, pero John Layton lleva el barco a su manera, si me lo permites.

–Sí, eso me han dicho. También he oído que lo has ayudado mucho. De hecho ha sido gracias a tus habilidades de márketing que la fortuna de la compañía se dobló el año pasado.

–Yo no diría tanto –indicó Lucy con firmeza–. La situación económica del país ha mejorado y eso lo hemos notado todos. Además, tenemos un buen equipo.

–Tienes tanta modestia como talento –remarcó Rick, sonriendo de nuevo al verla sonrojarse–, pero sé cuánto has ayudado a mejorar las cuentas. He leído los informes y tu nombre ha salido a relucir varias veces en las conversaciones con John.

–Como te he dicho, tenemos un buen equipo –en ese momento se dio cuenta de con cuánta familiaridad trataba al director general de la empresa–. ¿En qué consiste tu trabajo exactamente? ¿Cómo es que estás leyendo los informes financieros?

Rick dudó un segundo.

–Mi trabajo consiste en que un negocio rinda al máximo y los beneficios sean los mayores posibles.

–¿Y eso se logra a base de recortes de plantilla? –tal vez no hubiera debido preguntarlo, pero lo que había leído hasta el momento de la empresa no le agradaba demasiado.

–No siempre –respondió él con calma–. Yo valoro cada aspecto del negocio, y avanzo desde ahí.

Lucy asintió. Él sólo recibía órdenes y hacía su trabajo. No podía despreciarlo por eso.

–¿Entonces eres contable?

–Estudié Economía.

Se sintió aliviada de que no fuera contable, como Kris. No quería que él tuviera nada en común con su ex. Al pensar eso, frunció el ceño. No le importaba cómo se ganase Rick la vida porque no le afectaba en absoluto. Además, la línea entre un economista y un contable era muy fina.

—¿Y tú? ¿Siempre te has dedicado al márketing?

—Llevo tres años en la empresa y antes trabajé para Galaxino...

—Una empresa de publicidad —interrumpió él—. La conozco.

—Me aburrí de buscar nuevos modos de vender champú —siguió ella.

—¿Y ahora estás contenta?

—Eso creo —intentó pensar en todos los cotilleos que tendría que soportar acerca de la paternidad de Kris—. Pero ahora tendré que ver cómo queda todo después de los cambios que se van a hacer a raíz de la compra de la empresa.

—Habrá reuniones la semana que viene para discutir ese tema.

—Sí, y creo que va a venir el jefazo —comentó Lucy, tomando un sorbo del cóctel—. ¿Lo conoces bien?

—Creo que se podría decir que sí.

—Todo el mundo está muy nervioso después de la compra de la empresa, no sé si lo sabes.

—Ya —asintió él—. Son momentos difíciles, pero no hay por qué preocuparse.

—Tendremos que esperar a ver qué pasa. Supongo que tú habrás visto esta situación muchas veces ya.

—Unas cuantas en estos años —admitió él.

—¿Disfrutas en tu trabajo?

—Sí. Viajo mucho. Tenemos oficinas en Miami y Nueva York, además de en Barbados y Londres.

—¿Y vives en Barbados?

—Sí. ¿Y tú? ¿Siempre has vivido en Londres?

—No —dijo ella, y sonrió—. Crecí en Devon.

—Una chica de campo, ¿eh?

—Al menos de corazón, sí.

—No tienes acento.

–No... Vinimos a Londres cuando yo tenía trece años –volvió a beber–. Tú tampoco tienes acento.

–Di muchas vueltas por el mundo cuando era pequeño. Mi padre era irlandés y mi madre, argentina, de Buenos Aires. Mi nombre verdadero es Enrique, pero todos me llaman Rick.

Eso explicaba su aspecto latino y sus ojos y su pelo oscuros.

–¿Hablas español? –para su sorpresa, le respondió en ese idioma, y sonó tan cálido y sensual a sus oídos que la reacción de sus sentidos fue inmediata y perturbadora–. ¿Qué has dicho?

–Que me alegro de que nos hayamos encontrado esta tarde –dijo sonriendo, lo cual no alivió para nada el efecto–. ¿Te apetece otra copa?

–Será mejor que no tome nada más –dijo ella–. Normalmente no bebo y ya había tomado un poco de vino esta noche.

Él no insistió. El bar estaba empezando a vaciarse y Lucy miró su reloj. Eran casi las once y media.

–No me había dado cuenta de lo tarde que era –dijo mirándolo–. Creo que debería marcharme.

La sorprendió lo mucho que lamentaba tener que decir eso. Una parte de ella hubiera pasado toda la noche allí sentada hablando; quería saber más de él.

Rick Connors era un hombre interesante. Le gustaba la calidez de su mirada, su sentido del humor... el modo en que su cuerpo se calentaba cuando él la miraba de cierta manera... Hacía mucho tiempo que no se sentía así con un hombre y era realmente desconcertante. Desganada, alargó la mano hacia su abrigo.

–Ya sabes que la ropa no se te va a transformar en harapos a medianoche, ¿verdad? –bromeó él.

–No, pero tal vez me quede sin medio de transporte,

y eso sería peor aún. Es difícil encontrar taxis con tan mal tiempo –ella le devolvió la sonrisa y al ver cómo la mirada, sintió un escalofrío que la recorrió de la cabeza a los pies. Se levantó a toda prisa.

–Te acompañaré a casa –dijo él, levantándose también.

–Oh, no, no es necesario –dijo ella, impresionada por el ofrecimiento–. Tomaré un taxi fuera.

–Entonces iré contigo y veré que montas segura en el taxi.

Lucy intentó protestar, pero él ya le había tomado el brazo y la conducía al exterior.

–Sigue lloviendo –dijo ella mirando a través de las puertas de cristal–. No salgas, Rick.

Pero él la ignoró y salió al exterior con ella.

–Buenas noches, señor Connors –dijo el portero, al abrirle la puerta.

–¿Cómo es que conoce tu nombre? –preguntó Lucy, perpleja.

–He estado hablando con él antes –mientras hablaba comprobó que había una larga fila de gente en la parada de taxis esperando–. Creo que será más rápido volver dentro y llamar para que envíen el taxi. O mejor aún: este hotel tiene un servicio de limusinas. Podríamos pedir una.

–¿Estás bromeando? –exclamó Lucy alucinada–. Eso costará una fortuna.

–¿Sí? Lo pondré como gasto de empresa.

Ella se echó a reír ante la ocurrencia.

–Sí, puedes hacerlo si no tienes miedo de quedarte sin trabajo.

Rick volvió a considerar decirle la verdad: que no le costaría nada, que era el propietario del hotel, pero entonces ella se comportaría de otro modo con él y... bueno, aquello era divertido.

–Entonces vamos dentro y llamemos a un taxi –dijo él por fin–. Hace un tiempo de perros.

–No me voy a derretir por un poco de lluvia. Hay una estación de metro aquí cerca. Creo que iré andando hasta allí o... espera –un autobús rojo de dos pisos acababa de doblar la esquina–. Tomaré ese autobús. Llega hasta mi calle.

–¿Te vas a ir en autobús? Espera, Lucy, a estas horas será mejor que tomes un taxi.

–En serio, no pasará nada –se colocó el abrigo mientras hablaba–. Gracias por la copa, Rick.

Un segundo después había desaparecido bajo la lluvia en dirección a la parada.

Rick dudó un momento y echó a correr tras ella.

Capítulo 4

LUCY acababa de subir al autobús y estaba sin aliento. El piso inferior estaba abarrotado, así que subió las escaleras y vio que no había nadie. Tomó asiento y observó la lluvia caer contra los cristales mientras pensaba en Rick y en el efecto que su presencia tenía sobre sus sentidos. Por un lado, se había sentido aliviada de huir de él y por otro... no podía evitar lamentar el que no la hubiera besado. ¿Qué habría pasado si se hubiera quedado? ¿Cómo habría sido? Tal vez eran imaginaciones suyas, pero parecía haber química entre ellos dos.

Alguien se sentó a su lado y ella volvió la cabeza sobresaltada ante el hecho de que alguien se sentara a su lado con tantos asientos libres. Cuando vio que era Rick, no supo si alegrarse o enfadarse.

—¿Qué estás haciendo aquí?

—Es la segunda vez que me preguntas eso esta noche —parecía divertido—. No podía dejarte viajar sola en autobús por la noche. Podría pasarte algo.

—Esto es Londres, Rick —dijo ella con una sonrisa torcida—, no Miami.

—Bueno, tal vez sea un anticuado, pero quería asegurarme de que llegabas bien a casa.

Algo en la sinceridad de su tono le tocó la fibra sensible. Desde que Kris se marchó, se había acostumbrado a cuidar de sí misma. Nadie se había preocupado por si llegaba bien a casa en mucho tiempo.

–Eso es muy amable de tu parte, pero no es necesario –añadió ella–. Soy cinturón negro de karate, así que puedo cuidarme sola.

–¿En serio? –la miró mientras se apartaba el pelo mojado de la cara. No parecía capaz de hacer daño a una mosca, cuando menos a un agresor.

–En serio. ¿Es que no me crees? –dijo, levantando la barbilla en gesto desafiante.

–Sí, claro que te creo.

–Bien –dijo ella con una sonrisa–. No me hubiera gustado tener que arrojarte al suelo para demostrártelo.

Él levantó una ceja, juguetón.

–Oh, no sé... –dijo, seductor–. Tal vez me hubiera gustado caer a tus pies. Suena bien.

Por alguna razón, sus mejillas se encendieron y el pulso se le aceleró.

–Bueno, es muy amable por tu parte que quieras asegurarte de que llego bien a casa. Tendré que invitarte a un café en la oficina para agradecértelo.

–Me parece bien. No se me olvidará, pero después de lo que me has dicho del café de la oficina, creo que insistiré en que nos lo tomemos fuera.

–Si tenemos tiempo –apuntó Lucy–. Los lunes pueden complicarse mucho.

–No te preocupes. Creo que podremos encontrar un rato.

–Creía que la empresa te contrataba para mejorar las cosas, no para crear dificultades –dijo ella con una sonrisa.

–Todo es justificable –dijo él–. Una comida puede pasar como la forma de conocer al personal y sus sugerencias.

–¡Una comida! ¡Estábamos hablando de tomar un café! –rió ella–. Pues tendrá que ser fuera de horas de trabajo, porque soy muy responsable. Puedes decírselo al nuevo jefe.

—No te preocupes que lo haré. Tiene algunas cualidades admirables, señorita Blake.

Su voz tenía una tonalidad grave muy sexy, y sus ojos parecían estar mirando muy dentro de ella. Se fijó en que tenía manchitas doradas en los ojos y que su piel levemente olivácea se oscurecía al llegar a la línea de la mandíbula. Por un momento se detuvo en la sensual curva que dibujaban sus labios y sintió que el corazón le golpeaba el pecho sin piedad, consciente de que daría cualquier cosas por que la besara. Era demasiado... irresistible.

Al darse cuenta de que se habían estado mirando fijamente el uno al otro, ella apartó la vista y miró por la ventanilla.

—Casi hemos llegado a mi parada —su voz tembló ligeramente y ella se recriminó el haber dejado que sus emociones gobernasen por encima de su sentido común. Era un compañero de trabajo, y su norma era no mezclarse con nadie del trabajo.

—Ésta es —dijo aliviada—. Tenemos que bajarnos aquí.

Rick bajó primero y le ofreció la mano para saltar del autobús a la calle.

—Gracias —dijo, y colocó su mano sobre la de él un segundo antes de retirarla.

La lluvia se había calmado un poquito, pero aún lloviznaba, y hacía frío. Lucy se arropó bien con el abrigo y miró a Rick:

—¿Cómo vas a volver al hotel? —preguntó de repente.

—Lo pensaré cuando te vea entrando en casa. ¿Por dónde es?

Iba a decirle que no necesitaba que la acompañara más, pero le pareció que no procedía, teniendo en cuenta que ya había llegado hasta allí.

–A la vuelta de la esquina.

Empezaron a andar. La calle estaba muy tranquila. Justo cuando llegaban a la plaza de estilo georgiano donde estaba el apartamento de Lucy, empezó a llover a mares.

–Tal vez debas volverte ahora –sugirió ella.

–Como dices tú, no me voy a derretir. ¡Vamos¡ –le tomó la mano y echó a correr antes de que ella pudiera hacer nada.

Era la segunda vez aquella noche que le tomaba la mano y a ella le gustó, como le gustó llegar con él riendo y sin aliento hasta el portal de su casa.

–Una zona muy bonita –dijo él, mirando los edificios dispuestos alrededor de la plaza.

–Sí, a mí me gusta. Vamos dentro del portal –Lucy abrió para cobijarse de la lluvia–. Ha sido muy amable por tu parte el acompañarme a casa.

–No hay problema –dijo él, dando un paso hacia ella, lo que hizo que se le acelerara el corazón. Era una locura, pero se sentía como una adolescente en su primera cita.

–Parece que llueve menos. Hay una estación de metro muy cerca de donde nos dejó el autobús –dijo señalando la dirección con la mano–. Será más rápido que esperar a un autobús o a un taxi –él asintió. Lucy lo miró y se dio cuenta de que no llevaba abrigo y que tenía el caro traje empapado–. Aunque tal vez sea mejor que subas y te seques antes de volver –dijo, antes de poder arrepentirse.

Él no respondió inmediatamente.

–Tal vez no quieras –se apresuró a decir–. Supongo que es bastante tarde.

–No tanto –dijo él sonriendo–. Y me encantaría entrar, gracias.

Esa sonrisa volvió a afectarle al pulso. Nerviosa, buscó la llave de la puerta.

—Vivo en el segundo, así que hay unas cuantas escaleras —dijo, consciente de que la estaba mirando mientras la seguía.

—Será eso lo que mantiene tu cuerpo en tan buena forma —apuntó él.

Sólo había sido un comentario, pero causó un revuelo tremendo a las mariposas que ya sentía en el estómago.

Al introducir la llave en la cerradura, Lucy se preguntó si habría dejado la casa recogida. Había salido con tanta prisa que no había tenido tiempo para recoger, y ni se le había pasado por la cabeza la posibilidad de volver acompañada a casa.

Fue un alivio ver que la casa no tenía muy mal aspecto, a pesar del montón de periódicos sobre la mesa de té y los cojines del sillón descolocados.

—Siento el desorden —dijo ella, quitándose el abrigo para ir a recoger los periódicos.

Rick la miró divertido.

—Me parece que eres una perfeccionista, Lucy.

—Realmente no. Para ser sincera, he estado tan liada en la oficina que no he tenido tiempo para las tareas de la casa.

Él recorrió la sala con la mirada. La decoración, muy sencilla y sin colores estridentes, resultaba muy placentera a la vista. Lucy fue a encender el fuego.

—Supongo que estarás echando de menos la temperatura de Barbados.

—No me lo recuerdes. Se me había olvidado el frío que hace en Londres —Rick estaba mirando uno de los cuadros de la pared—. Esta marina es preciosa.

—Antes lo tenía como hobby, pero ahora ya no tengo tiempo para ello.

–¿Tú has pintado estos cuadros? –parecía realmente impresionado.

–Fue hace mucho tiempo –asintió ella–. Cuando quería ser artista. Pero me dijeron que era muy difícil ganarse la vida como pintor y que si no quería morir de hambre, debía buscar un trabajo de verdad.

–Y así se perdió un gran talento –dijo él, sacudiendo la cabeza–. No debiste hacer caso a quien te aconsejó eso, sino a tu corazón.

–Y tal vez ahora viviera en la ruina –repuso ella sonriendo.

–O tal vez tuvieras más dinero del que pudieras imaginar.

–Gracias por el cumplido –rió ella–, pero dudo que fuera así. ¿Y tú, Rick? ¿Tienes algo de lo que lamentarte? ¿Tu sueño era estudiar Biología en lugar de Económicas?

–Honestamente, nunca se me pasó tal cosa por la cabeza –respondió–. Y nunca me arrepiento de nada. Suelo buscar lo que quiero y conseguirlo.

–¿Y siempre lo consigues?

–Casi siempre –sus ojos se encontraron y Lucy sintió un escalofrío por todo el cuerpo. Su declaración, probablemente cierta, la puso nerviosa.

–Qué suerte –dijo ella por fin.

–También he tenido mis decepciones.

Eso era difícil de creer, pensó ella mientras lo observaba.

–¿De qué tipo?

–Oh, lo normal. Relaciones que no funcionan y ese tipo de cosas.

–¿Alguien se las apañó para romperte el corazón en el colegio? –preguntó ella, bromista y él echó a reír.

–Ahora que lo dices... Marion Woods. Tenía siete años. Era el amor de mi vida.

–¿Qué ocurrió? –preguntó ella, riendo.

–Me dejó por un chico algo mayor cuyos padres tenían una tienda de caramelos –dijo él, con amargura–. Imagínate, si mis padres hubieran tenido una tienda así, probablemente ahora estaríamos casados... –en sus ojos había un brillo travieso–. Ahora que lo pienso, tal vez por eso me he vuelto alérgico a todo tipo de compromiso.

–Ésa sí que es una historia triste.

–Trágica, diría yo.

–Entonces... ¿eres un soltero empedernido? –dijo, antes de poder arrepentirse.

Rick inclinó la cabeza y por un momento sus ojos oscuros se volvieron serios.

–Tengo treinta y ocho años, y no me he casado nunca, así que así debe ser. ¿Y tú? ¿Te han roto el corazón alguna vez? –en ese momento la conversación pareció volverse más seria.

Lucy se preguntó cómo habían entrado con tanta brusquedad en el terreno personal.

Rick observó las distintas emociones que turbaban sus ojos y supo que la respuesta era afirmativa, pero entonces ella apartó la mirada y ocultó las sombras.

–Bueno, Steve Donnelly, cuando estaba en tercero.

–La infancia es una etapa terrible –declaró él.

–Puede dejarte marcado para siempre –añadió ella.

–¿Así que tú también eres una soltera acérrima?

–Ahora sí, pero tuve que casarme primero para averiguar que la institución del matrimonio no era para mí.

–¿Estás divorciada?

Lucy asintió.

–Tres años de casada y uno de divorciada –se preguntó por qué se lo habría dicho. Era preocupante lo fácil que le resultaba hablar con él–. Será mejor que te acerques al fuego para secarte. Prepararé café.

Él sonrió y el corazón le dio un salto en el pecho, así que corrió a preparar el café a la cocina. Era un compañero de trabajo, se decía mientras preparaba la cafetera, y no necesitaba más complicaciones en el trabajo. Entonces se vio en un espejo, con el pelo pegado a la cabeza e increíblemente pálida.

–Voy a secarme el pelo, no tardaré –dijo ella, yendo a su cuarto.

Sólo tardó unos minutos, pero cuando volvió vio a Rick preparando el café en la cocina. Se había quitado la chaqueta y la blancura de su camisa hacía contrastar más aún el color oscuro de su pelo. Lucy se preguntó de repente cómo sería tener un amante latino... y el hecho de haberlo pensado la sorprendió.

–Espero que no te moleste que me haya tomado la confianza... –dijo él, al verla mirándolo en la puerta.

–No, claro que no –pero lo que estaba pensando era que el último hombre que le había preparado café allí había sido Kris, justo antes de decirle que la abandonaba.

–¿Lo tomas con leche y azúcar? –se giró y la miró–. ¿Estás bien?

–Sí, perfectamente –dijo alegremente, molesta por haber dejado a Kris entrar en sus pensamientos. Le había hecho más daño del que había recibido en toda su vida y quería olvidarlo por completo.

Rick dejó las tazas en una mesita auxiliar y fue hacia ella.

–Parecías triste.

–¿En serio? –dijo, deseando cambiar de tema–. No lo estoy.

–¿Estás segura? –le levantó la barbilla para obligarla a mirarlo a los ojos.

El tacto de su mano contra su piel tuvo el efecto de una inyección de adrenalina.

–Completamente –dijo, casi sin aliento, y era cierto. Lo que sentía era una oleada de excitación y deseo según él movía la mano por su rostro. Deseaba que la besara, tanto que se acercó más a él–. Rick –susurró.

–Ése soy yo –le apartó un mechón color caoba del rostro y un segundo más tarde sus labios estaban sobre los de ella.

Lucy no había sentido nunca una explosión de pasión como la que siguió a ese beso, nunca la habían besado así en la vida. Sus labios la tomaron por completo y encendieron un fuego en ella contra el que no pudo luchar, así que sólo le quedó rendirse y rodearle el cuello con los brazos.

Rick le rodeó la cintura con las manos y ella sintió que le quemaba la piel, deseando un contacto más pleno. Se acercó más y abrió los labios persuadida por él. La sensualidad de su lengua contra sus suaves labios hicieron que el corazón le latiera como loco en el pecho y sus sentidos clamaran de necesidad.

–Eso es lo que yo llamo un beso –dijo él, apartándose, con un tono aterciopelado y seductor.

–Sí –añadió ella, como hechizada–. Ha sido... casi irreal.

–¿Crees que debemos volver a probar? Sólo para comprobar que no ha sido cosa de nuestra imaginación.

–Buena idea –repuso ella, y se acercó más para recibir sus caricias. De nuevo sintió una explosión en su interior cuando la tocó con sus labios.

Al principio el beso fue suave, tanteando, y para Lucy fue como dejarse arrastrar por un remolino de deseo. No se saciaba de él, como si fuera una droga y estuviera enganchada. Justo cuando pensaba que iba a explotar de deseo, él la besó más profundamente.

Ella era consciente de que él estaba marcando el ritmo, que era un amante experimentado y seguramente conocía todos los trucos para encender la pasión de una mujer, pero nada le importaba ya. Sólo sabía que el deseo había tomado control total de sus sentidos.

Deseaba más y sus besos pasaron a otra fase más frenética. Sus manos le recorrían el cuerpo, desde la cintura hasta los pechos, y cada centímetro de su piel deseaba que la desvistiese y saciase la sed de su deseo.

–Una cosa ha quedado clara –murmuró él, con la voz entrecortada–. No nos lo estamos imaginando: entre nosotros hay una química salvaje, así que tenemos que parar ahora o desearé hacerte el amor aquí mismo, en la cocina.

–Tienes razón... –desesperada, intentó recuperarse, pero ya le era imposible. El cuerpo le dolía de lo mucho que lo deseaba.

Él la recorrió con la mirada, observando su respiración dificultosa y sus labios hinchados de deseo.

–Lo tengo clarísimo, créeme. Si vuelvo a besarte, voy a querer tomarte aquí... y ahora.

Por un momento, su voz sonó hambrienta.

–Y eso estaría mal –susurró ella.

–Supongo que eso depende de cómo lo mires –dijo él, torciendo el gesto–. Los dos somos solteros.

–Sí, pero seguiría estando mal –tomó aliento–. ¿Por qué íbamos a hacer el amor aquí cuando hay una cama mucho más cómoda en la habitación?

Ni ella misma se podía creer lo que estaba diciendo. Eso era más propio de Mel.

–Eso mismo digo yo –dijo y le acarició la cara, provocándole mucho calor.

¿Qué demonios le estaba pasando? Siempre había renegado de las aventuras pasajeras y aquello no podía ser más que eso. Y además, estaba rompiendo su regla de no tener relaciones con nadie del trabajo.

El problema era que en ese momento no le preocupaba nada. Lo deseaba y no recordaba haber deseado nunca a un hombre tanto como a él. ¿Qué le importaba que fuera del trabajo? Al cuerno... pensó mientras se ponía de puntillas para volver a besarlo. Al cabo de una semana, volvería a Barbados. ¿Cuánto podía complicarle la vida un hombre en una semana?

Capítulo 5

LUCY se había dejado la luz del cuarto encendida cuando fue a secarse el pelo, y ahora se arrepentía. Hubiera preferido verse arropada por la oscuridad; en cuanto entró en la habitación se sintió incómoda y tímida.

Rick la atrajo a sus brazos y la miró tan fijamente que la dejó sin aliento.

–¿Dónde estábamos?

–Creo que por aquí –ella lo besó con delicadeza y al segundo estaban abrazados y él empezó a desabotonarle la blusa–. ¿Apago la luz?

–No, déjala encendida –dijo mientras le daba suaves besitos en el cuello–. Quiero verte. Quiero explorar cada centímetro de tu cuerpo.

La tensión que sentía Lucy se disparó. Ojalá no le hubiera preguntado y hubiera apagado la luz sin más. Estaba claro que él tenía mucha experiencia, y ella sólo había tenido un novio en la universidad y a su marido, con el que no había acabado muy bien.

–¿Estás bien? –preguntó Rick al notarla rígida entre sus brazos.

–Sí...

Pero él dejó de besarla y la miró a los ojos. En su verde profundidad, vio algunas sombras.

–No tenemos que seguir si has cambiado de idea –su voz suave le hizo desearlo aún más.

–No he cambiado de idea –él no respondió, parecía estudiarla con mucha atención–. ¿Tienes algo? Me refiero a protección.

–Sí –dijo él acariciándole el pelo con ternura–. ¿Es eso lo que te preocupaba?

Ella dudó. No quería estropearlo todo mencionando el nombre de Kris. Ese hombre le había arruinado la vida, así que, simplemente, sonrió.

Rick la besó en el cuello y el erotismo de la caricia envió temblores de placer por todo su cuerpo. Después la besó en las mejillas y en los ojos. Al mismo tiempo sus manos se movían bajo su jersey para encontrar el broche de su sujetador, que liberó con velocidad de iniciado.

Fue en ese punto cuando la abandonó todo pensamiento racional. Sólo quería tener a ese hombre, lo deseaba con urgencia.

Sus manos se movían posesivas sobre las curvas generosas de su cuerpo mientras ella cerraba los ojos y se dejaba llevar por el placer. Ella lo ayudó a quitarla el jersey y su pelo cayó como una cascada sobre sus hombros desnudos.

Se desvistieron el uno al otro a la vez. Mientras ella le quitaba la camisa, él le desabrochaba la falda y la dejaba frente a él en bragas y medias con ligas de encaje.

–Eres preciosa, Lucy –murmuró él, trazando con los dedos la línea de sus pechos. Se inclinó y volvió a dibujar la misma línea con besos por todo su cuerpo. Un segundo después la levantó y la dejó sobre los cojines de la cama. Se quitó los zapatos y se tumbó junto a ella.

Él tenía un físico estupendo y Lucy se alegró de haber dejado la luz encendida para poder verlo. Le recorrió el pecho con los dedos y después se entretuvo en sus fuertes abdominales. Lucy sintió unos pinchazos de excitación cuando empezó a quitarle el cinturón y los pantalones.

–Date prisa –dijo ella, juguetona, y él echó a reír. Después la besó mientras le decía algo en español.

–¿Qué significa eso?

–Significa paciencia, bella mía –le estaba acariciando los pechos desnudos con los dedos, y siguió jugando con ellos hasta que ella creyó que no podría soportarlo más. Entonces se inclinó y su boca sustituyó a sus manos, y Lucy entera tembló de placer mientras respiraba profundamente como si lo necesitara para serenarse. Sus manos fueron hasta su cabeza y después a su espalda, y lo acercó más a ella. Sentía como si nunca fuera a saciarse de aquel hombre.

A la mañana siguiente, Lucy se despertó temprano. Estaba acurrucada en los brazos de Rick con un sentimiento de bienestar maravilloso. Era extraño. Aquel hombre era casi un extraño para ella y sin embargo se sentía en sus brazos segura y protegida como nunca.

Se dijo que debía ser una ilusión, pero era una ilusión estupenda, sobre todo teniendo en cuenta la fantástica noche de pasión que habían compartido.

Rick era un amante maravilloso. La había llevado hasta los niveles más altos de placer, algunos de los cuales no conocía, una y otra vez.

Cuando Kris la dejó, Lucy había jurado que nunca volvería a darle a otro hombre la oportunidad de hacerle tanto daño, y lo había jurado en serio. Aún lo pensaba.

Se giró inquieta y miró a Rick. Había personas que parecían vulnerables cuando estaban dormidas, pero Rick mantenía un aire fuerte. Tal vez era por ser tan guapo, y se le hizo un nudo en el estómago al recordar la sensación de sus caderas contra su cuerpo, y con qué fiereza había sacudido sus sentidos. Kris nunca le había hecho perder el control de ese modo.

«Son cosas tuyas, Lucy», se decía. Tal vez se estaba bloqueando en cómo se sentía con Kris, y no quería pensar en eso.

La noche anterior había sido maravillosa, pero no había tenido nada de especial, se dijo. Tenía que ser una chica moderna como Mel y pensar que había sido sólo diversión y que le había gustado tanto porque no había hecho algo así desde hacía mucho tiempo. Debía ser por eso. Eso la tranquilizó y se relajó.

Rick abrió los ojos y ella sonrió.

–Buenos días. Me preguntaba si te despertarías un día de éstos.

–El problema es que una joven fierecilla me ha tenido despierto hasta altas horas de la noche.

–¿En serio? –Lucy sonrió y se acercó más a él–. Hay gente que no tiene escrúpulos.

–Tienes toda la razón –dijo, y rodó sobre ella dejándola a su merced–. Lo de anoche fue fabuloso.

–Sí que lo fue –asintió ella con una sonrisa.

Él la besó posesivamente y a ella le encantó el beso. De repente se vieron haciendo el amor de nuevo, pero no como la noche anterior. La urgencia había desaparecido y ahora todo era más lento y se tomaban tiempo para disfrutar del placer, haciendo que todo fuera más íntimo. Rick la miró a los ojos cuando la penetró, devorándola con la mirada, saboreando el éxtasis de sus labios y haciendo suyas todas sus sensaciones.

Después ella se vio en sus brazos, saciada y casi asombrada. Podía llegar a acostumbrarse a tener a Rick en su cama y... en su vida. Entonces empezó a ponerse nerviosa y se apartó de él.

–¿Dónde vas? –preguntó mientras la miraba levantarse de la cama.

—Voy a preparar té —consciente de cómo miraba él su cuerpo desnudo, se puso una bata de seda.

—Prefiero el café por las mañanas. Sólo y sin azúcar.

—Bien —se dio cuenta de que a pesar de lo que había compartido con él, apenas lo conocía.

Las tazas de café seguían en la mesita tal y como él las había dejado la noche anterior. Por un momento, Lucy revivió el momento en que lo había invitado a su cama. Había sido sólo sexo, no tenía ninguna importancia. Cierto era que había roto su norma con respecto a los compañeros de trabajo, pero él se marcharía al cabo de una semana. Y lo de acostumbrarse a tener a Rick en su vida... bueno, eso habían sido ilusiones provocadas por la pasión. Rick era un extraño para ella y así quería que siguiese siendo. Se sintió más animada después de la charla consigo misma, más fuerte y con el control de la situación.

Abrió el armario y buscó el café. Como no lo encontró, decidió conformarse con café soluble. En ese momento entró Rick vestido sólo con una toalla alrededor de la cintura y recién salido de la ducha, a juzgar por su pelo mojado y las gotitas de agua que brillaban sobre su piel.

—¿Qué tal va el café?

—Esto... bien —el corazón le latía de un modo ensordecedor. Aquello parecía irreal. ¿Quién era aquel hombre tan increíble que parecía sentirse como en su casa?

—Gracias —dijo cuando ella le pasó una taza; tomó un sorbo—. Humm... está bueno. Esto es lo mejor después de una noche agotadora —ella se sonrojó y él soltó una carcajada—. Sólo estoy bromeando, Lucy.

—Ya lo sé.

Dejó la taza a un lado y la agarró por la cintura antes de que se alejara de nuevo.

—Si quieres, podemos agotarnos el uno al otro un poco más.

Ella sintió el calor de su erección a través de la toalla y, a pesar de que intentó apartarse, se sintió débil. Tragó saliva, súbitamente aterrada por el hecho de desearlo tanto. Él se inclinó y la besó, tentándola, hasta que ella respondió.

Volvieron a besarse apasionadamente y todos los temores de Lucy desaparecieron por completo. Ella notó cómo le desataba el nudo del cinturón de la bata, cómo le pasaba las manos por todo el cuerpo para un segundo después, levantarla en brazos y llevarla a la habitación. Hasta un buen rato después, Lucy no fue capaz de volver a pensar racionalmente, y para entonces ya estaba acurrucada entre sus brazos, preguntándose cómo el sexo con él podía ser cada vez mejor.

Su móvil sonó en ese momento y Lucy vio que tenía un mensaje.

–Es de la agencia de citas múltiples –dijo mientras se cubría el pecho con la sábana; a pesar de que Rick ya la había visto desnuda, aún sentía timidez–. Parece que alguien marcó mi casilla.

–Sí, estás en la cama con la persona que lo hizo –sonrió Rick.

–No, se llama Mark Kirkland –dijo Lucy mientras leía el mensaje–. Me mandan su número de móvil.

–No importa –murmuró Rick, jugueteando con el borde de la sábana–. Tendrás que decirle a ese Mark que es demasiado tarde. De hecho –dijo, alargando la mano para quitarle el teléfono–, estás demasiado ocupada como para decirle nada.

–¡Oye! ¡Devuélvemelo! –dijo riendo.

–No, estás incomunicada para toda la mañana.

–¿En serio? ¿Cómo sabes que no tengo millones de planes para esta mañana?

–¿Los tienes?

–Bueno –se sonrojó–. Iba a limpiar un poco la casa y a repasar unos expedientes del trabajo...

–Lucy, eso puede esperar, porque voy a dejarte sin aliento –se inclinó y la besó juguetón en los labios. Después tomó plena posesión de su boca besándola con una pasión irracional.

El teléfono cayó al suelo sin que nadie se acordara ya de él.

–Ya sabes que esto es sólo sexo... no creas... –murmuró Lucy incoherentemente cuando por fin la soltó.

Rick se apartó con una ceja levantada.

–Bueno, no pensaba que estuviéramos jugando a las cartas, si a eso te refieres. ¿De qué estás hablando?

–Yo... –sintió que le ardían las mejillas. No se había dado cuenta de que había dicho aquello en voz alta–. Lo siento, no me he explicado... Hace mucho tiempo que no hago esto.

–¿Hacer qué? –preguntó él con el ceño fruncido.

–Esto –se humedeció los labios, nerviosa–. Acostarme con un hombre.

–Ya veo –la miró y después le acarició el pelo. La suave caricia la hizo estremecer–. ¿Cuánto?

–No lo sé –ella apartó la mirada, arrepintiéndose de haber iniciado aquella conversación.

–Lo sabes perfectamente –dijo él con voz tranquila.

Ella intentó apartarse de él, pero él no la dejó.

–Da igual, el caso es que tengo la norma de no involucrarme con gente del trabajo.

–Ya lo sé, ya me lo dijiste –parecía estar divirtiéndose–. Y parece que la has roto.

–No, porque tú no cuentas en realidad. Como dijiste, te marcharás al cabo de una semana.

–Probablemente.

–¿Qué quieres decir con «probablemente»? –se apartó

de él de un salto, llevándose la sábana con ella–. Me dijiste que al final de la semana volverías a Barbados.

Él se dejó caer sobre los cojines, testigo de su preocupación.

–Y probablemente lo haga. Sólo depende de cuánto tiempo me lleve la valoración. ¿De qué tienes tanto miedo, Lucy?

–No es que tenga miedo de nada –tragó saliva e intentó parecer relajada, pero lo cierto era que tenía miedo, miedo de lo que él le hacía sentir. No quería volver a enamorarse de nuevo y necesitaba saber que se iba a marchar pronto, que aquello era sólo una aventura–. Es sólo que no quiero que lo que ha pasado entre nosotros comprometa nuestra relación profesional. Eso es todo.

–Eres tan responsable...

–Y no quiero que nos sintamos incómodos el uno con el otro el lunes en la oficina –dijo ella, intentando ignorar su tono burlón.

–Te prometo que no me sentiré incómodo

–Bien, tendría que haberme dado cuenta de que tú no eres de los que se sienten incómodos con estas cosas –dijo, forzada a sonreír por su repentina solemnidad–.¿Entonces tenemos claros los límites?

–¿Qué límites?

–Para empezar, que no vamos a llevar esto a la oficina

–Eso no lo tengo muy claro –dijo, casi divertido–. Es que, casi me estaba imaginando ya hacerte el amor sobre la fotocopiadora –la miró sonrojarse y le acarició la mejilla–. Tranquila, nunca mezclo el placer y los negocios. El trabajo siempre es lo primero para mí.

–Bien. Parece que tenemos algo en común.

–Eso parece. ¿Sabes? Eres la primera mujer a la que le gusta que mi trabajo sea lo más importante.

–Bien –sonrió–. Me gusta ser diferente.

–Eres diferente –le encantaba el modo en que lo miraba–. Pero lo más interesante que tenemos en común es esto –se inclinó y la besó, haciendo que la pasión se encendiera al instante entre ellos. Cuando apartó sus labios, ella estaba sin aliento de lo mucho que lo deseaba–. Ahora voy a hacerte el amor de nuevo, sin que tenga nada que ver con nuestra relación laboral. Son dos cosas distintas.

–Bien, pero no te hagas ilusiones de por qué dejo que te quedes en mi cama más tiempo –dijo ella con mucho énfasis–. No significa nada, es sólo sexo.

–Sí, Lucy. Es la primera vez que tengo que tranquilizar a una mujer en ese aspecto.

–Creo que le he dado la vuelta a todas tus ideas preconcebidas, ¿no? –sonrió–. Esto está bien. Las chicas mandamos.

–Eso mismo pienso yo –dijo, besándola el cuello.

Unas pocas horas más con él no podían tener nada de malo. La semana siguiente ya no estaría allí.

Capítulo 6

LUCY llegó el lunes temprano a la oficina. La noche anterior había dormido mal pensando en cómo iba a enfrentarse a Rick en el trabajo. Estaba bien lo de intentar actuar despreocupadamente, como si sólo hubieran compartido sexo, pero lo cierto era que ella no era de ese modo. Y se había dado cuenta de ello en cuanto él se marchó de su casa el sábado por la tarde. No podía creer que hubiera roto su regla, ¿cómo le había pasado algo así?

Así pues, allí estaba, a las ocho y media, ordenando su agenda, la imagen de la competencia personificada para el resto del mundo, pero sintiéndose un desastre.

Se decía que no debía ser ridícula, que había sido sólo sexo, como decía Mel, y que no era importante. Había entrado en la modernidad.

—¡Hola, Lucy! —saludo Carolyn—. ¿Qué tal el fin de semana?

—Bien, ¿y el tuyo?

—Oh, ha sido estupendo. Carl ha dado sus primeros pasos.

—¡Oh, qué estupendo! ¿Estabas en casa? —Lucy se alegró por su amiga, que estaba preocupada por perderse un momento tan especial de su bebé.

—Sí, los dos estábamos allí —dijo ella, radiante—. ¡Y tenemos una foto!

—Es genial.

–Oye, ¿y tú? ¿Tu cita múltiple? –pregunto Carolyn, cambiando de tema.

–Bien... divertido.

–¿Conociste a alguien especial?

–En realidad, no –no estaba mintiendo. Había conocido a Rick, que era sexy y atractivo, pero no era especial para ella. Daba igual cómo la hubiera hecho sentir, no era especial.

¿Por qué no tenía ella una vida sencilla como la de Carolyn? Cuando se casó con Kris, pensó que tendría algo así, un hogar, un par de niños... Lo había intentado; lo había intentado con todas sus fuerzas, pero al final tuvo que admitir que había cometido un error. Se había casado con el hombre equivocado.

–¿Entonces no conociste a nadie que te acelerara el corazón?

–Eres una romántica, Caro –rió Lucy.

–Tú también lo eras.

–De eso hace mucho tiempo –ahora era una persona distinta. No se entregaría a nadie del modo que se había entregado a Kris.

Por un momento recordó lo maravillosamente bien que se había sentido en los brazos de Rick, riendo y bromeando. Cortó el recuerdo con brusquedad. Rick se había despedido con un beso largo e intenso y eso, se decía a sí misma, había sido el punto final. Ahora esperaba que eso no interfiriera en su relación profesional. El gran jefe llegaría la semana siguiente y necesitaba poner todos sus sentidos en el trabajo. Necesitaba su empleo.

Intentando olvidar todos los pensamientos negativos, apretó el botón del contestador para escuchar sus mensajes.

–Hola Lucy, soy Mark Kirkland. Nos conocimos el viernes por la noche, ¿te acuerdas? Te he llamado al móvil, pero como no contestabas, la agencia me facilitó este número también. Me preguntaba si querrías cenar conmigo esta noche o mañana. Llámame, mi número es...

–¡Así que conociste a alguien! –exclamó Carolyn–. Eres una tramposa, Lucy. Voy a tener que hablar con Mel para que me dé todos los detalles interesantes.

–¡No hay detalles interesantes! –dijo Lucy consternada, pero Carolyn ya no escuchaba; sólo sonreía mientras caminaba hacia su mesa.

Lucy apagó el contestador. Ese mensaje era lo último que necesitaba para su malestar.

Ojalá Mel no dijera nada acerca de Rick y lo del viernes por la noche. Sólo con pensarlo, se le ponía un nudo en la garganta.

Deseando olvidarse de todo, llamó a Mark y le dijo que no podría quedar con él después de todo y que lo sentía mucho. Una complicación menos en su vida.

El resto del personal empezaba a llegar a la oficina y Lucy cambió su mente al «modo trabajo».

Un compañero tenía problemas con un programa informático y acudió a ella en busca de ayuda. Eso hizo que se sintiera mejor al momento, porque se sentía capaz de afrontar los problemas del trabajo. Y también tendría que afrontar el ver a Rick Connors y olvidar lo que había pasado entre ellos.

Al girarse, lo vio mirándola con su calma habitual.

–Buenos días, Lucy –saludó, sonriendo.

–Buenos días, señor Connors –dijo, intentando sonar como si le fuera indiferente.

Llevaba un traje oscuro que le sentaba de maravilla y estaba tan guapo que Lucy empezó a sentir que la voluntad le fallaba. El pulso se le aceleró cuando sus miradas se encontraron.

¿Qué estaría pensando él? ¿Acaso encontraba divertido que lo llamara señor Connors? ¿Estaba recordando la facilidad con que la había llevado a la cama, la pasión salvaje...? Al notar que su cuerpo entraba en calor, intentó dejar de pensar en ello.

Él sonreía y la recorría con la mirada, fijándose en cada detalle: sus tacones, la falda gris por la rodilla, el suéter rosa y el pelo recogido.

–¿Has tenido un buen fin de semana?

Ella levantó la barbilla, decidida a estar a la altura de la situación.

–Ha estado bien –creyó ver un guiño divertido en sus ojos.

–¿Has tenido problemas con el ordenador? –preguntó él, acercándose.

–No es nada que no pueda solucionar –dijo ella con rapidez.

–Sí, pareces muy capaz en todos los niveles.

¿Qué significaba eso? Varios compañeros estaban mirando a Rick en ese momento.

–¿En qué puedo ayudarlo esta mañana, señor Connors? –preguntó ella en tono formal y en voz más alta, para que todos pudieran oírla. Se dijo que tendría que borrar la noche del viernes de su mente.

–Señora Blake, me gustaría que me contase cómo funciona su departamento y que me presentase a su personal –dijo, en tono similar al de ella.

¿Acaso era todo aquello una broma? Claro, a él no lo afectaba. Pronto volvería a Barbados y ella se quedaría allí para ocuparse de los cotilleos.

Lucy evitó mirarlo y asintió.

–Claro, no hay problema –pero se sintió algo irritada por que su departamento fuera el primero en someterse al escrutinio.

Lucy le presentó a los miembros de su departamento

y le complació darse cuenta de que no era la única a la que le afectaban los encantos de Rick, a la vez que deseaba que su reacción no fuera tan obvia como la de ellas. Al ego masculino no le hacían nada bien los cumplidos.

Cuando Rick acabó de hablar con todos, se interesó por el sistema de clasificación de archivos y los programas informáticos·que usaban.

–¿Puedes enseñarme cómo los usáis? –dijo, mientras le señalaba la pantalla.

–Claro –tuvo que acercarse más a él para usar el teclado. Al oler su perfume le vinieron a la mente las imágenes de la noche que había pasado en sus brazos. El estómago le dio un vuelco e intentó alejarse de él, pero era imposible frente a una pantalla tan pequeña.

Al alargar la mano para tomar el ratón, sus manos chocaron y ella sintió una descarga eléctrica que le recorrió el cuerpo.

–¿Siempre usáis este sistema? –preguntó él, aparentemente ignorante de las reacciones que provocaba en ella. De hecho, cada vez se acercaba más y sus hombros se estaban tocando.

–Sí –se levantó–. Si me disculpa, había olvidado que tengo que hacer unas llamadas importantes. Linda le mostrará el resto de los programas –Lucy sonrió a su compañera, que parecía encantada con el trato.

A pesar del alivio que le supuso volver a su despacho, Lucy se pasó el resto del día intentando mantener el ritmo de su corazón estable. Por otro lado, a él no parecía haberle importado irse con Linda, y mientras ella le explicaba el sistema, él sonreía y desplegaba todos sus encantos.

Lucy marcó el número de Mel.

–Mel, cometí un error terrible el viernes por la noche.

–Nada de eso –respondió Mel–. Él está de muerte.

–Sí, y ahora está realizando la valoración de mi departamento –siseó–. Me siento perdida.

–Seguro que era bueno en la cama –dijo Mel, después de una carcajada.

–¡Mel! Por favor, ya me siento bastante mal...

–Tal vez necesitas probarlo por segunda vez.

–Eso sí que no. Escucha, si Carolyn te pregunta algo del viernes, por favor, no le digas nada.

–Claro que no. Sé cuánto valoras tu privacidad. Nunca diría nada.

Lucy se sintió fatal por dudar de su amiga. Con el rabillo del ojo vio que Rick se dirigía a ella.

–Así que quiero que el anuncio aparezca desde mañana al martes que viene –dijo, para disimular.

–¿Tienes compañía? –adivinó Mel.

–Desde luego –dijo ella.

La sonrisa que tenía delante era la misma que aquel fin de semana le había llevado a hacer locuras.

–Muy bien –dijo por teléfono, intentando aparentar tener el control que había perdido.

Casi se sintió aliviada cuando Kris entró por la puerta, y es que en aquella situación, hasta la presencia de su ex era buena en tanto que distracción.

–Hola, Kris –saludó con una amplia sonrisa.

–Hola –dijo él, y se volvió hacia Rick–. Tengo los archivos que pediste. Están en el departamento de contabilidad para cuando quieras verlos.

–Gracias –dijo Rick, levantándose de la silla. Lucy observó que era bastante más alto que su ex.

–Si quieres información más detallada incluyendo análisis de costes, puedo revisarlo ahora contigo –dijo Kris con sequedad.

–Gracias, Kris, pero no tengo tiempo –echó un vistazo a su reloj–. Tengo una reunión ahora. Lo veremos esta tarde.

–Bien –asintió Kris.

–Te veré más tarde, Lucy –le dijo Rick con una sonrisa.

Por un segundo, ella se la devolvió y después reaccionó y volvió a su trabajo con celeridad. Un hombre no debía tener derecho a tener una sonrisa así, pensó distraída.

Rick se marchó y Kris se entretuvo en su despacho.

–¿Quieres algo más? –preguntó ella, deseando que se marchara y la dejara en paz cuanto antes.

–Me preguntaba si podríamos hablar.

–Estoy bastante ocupada ahora, Kris –murmuró Lucy, incómoda al verlo junto a la misma silla en la que antes había estado sentado Rick–. ¿De qué se trata?

–Si estás ocupada, la cosa puede esperar –dijo él.

–Bien. Te veré luego.

¿Qué le pasaba? Desde el divorcio se evitaban el uno al otro y sólo hablaban por educación. Kris nunca había intentado cruzar la línea, y Lucy se lo agradecía; la situación ya era bastante complicada de por sí. Tal vez quisiera contarle lo del bebé, y sólo con pensarlo, ya se puso tensa.

–Últimamente estás muy guapa, Lucy –dijo él de repente–. Casi radiante.

–Gracias –necesitaba desesperadamente que se marchara.

–Me alegro de que podamos ser amigos.

–¿En serio?

–Claro que sí –frunció el ceño y una sombra de preocupación cruzó sus ojos azules–. Siempre me has importado, Lucy –dijo, casi en un susurro.

Ella estuvo a punto de decir que tenía un bonito modo de demostrarlo, pero se ahorró el sarcasmo.

–Kris, tengo mucho trabajo, en serio –dijo bruscamente.

Él asintió pero no se movió.

–Tal vez podamos quedar para tomar un café –ella no contestó y empezó a mirar la pantalla de su ordenador–. Sé que te hice daño y lo siento, Lucy.

–Eso es el pasado, Kris, y tal vez fuera lo mejor. Dejémoslo ahí –dijo, sin levantar la vista del ordenador.

Kris pareció a punto de decir algo, pero miró a su alrededor y vio que varias personas los miraban.

–No podemos hablar aquí. ¿Qué te parece quedar para comer?

–No puedo.

–¿Por qué?

–He quedado con Rick Connors para hablar del presupuesto de publicidad.

Kris frunció el ceño.

–Estás diferente cuando estás con él...

–¿Diferente? –levantó la mirada–. ¿A qué te refieres?

–No te sé decir –dijo, encogiéndose de hombros–. Pero siento una corazonada entre él y tú.

–Bobadas –a Lucy le estaba a punto de estallar el corazón.

–No es una bobada. Sabes que te conozco perfectamente.

–¿A dónde quieres llegar con todo esto? Tengo trabajo... –siguió tecleando, pero escribía más letras mal que bien.

–Dejémoslo –después susurró–. Te aconsejo que tengas cuidado con él. Creo que tiene un puesto muy alto en la nueva compañía. Dicen que tiene mucho poder y es muy influyente.

En ese momento le vino a la mente cómo le había desnudado y los momentos íntimos que habían compartidos. El consejo llegaba tarde, pensó sintiéndose muy incómoda.

—Sólo es una reunión de trabajo, Kris. Gracias por el consejo, pero no lo necesito.

—Sólo intento ayudar —para alivio de Lucy, se levantó—. Te veré más tarde.

¿Qué era todo aquello? Aquélla era la conversación más larga que había tenido con Kris en un año. ¿Y por qué parecía tan preocupado por ella?

El teléfono sonó a su lado y descolgó casi al instante.

—Lucy Blake.

—Hola, Lucy, soy Rick —ella se quedó callada—. ¿Estás ahí?

—Sí, aquí sigo —podía oír ruido de tráfico de fondo.

—Estoy en un atasco, así que llegaré tarde a la reunión y tengo que retrasar la comida. ¿Te parece bien a las dos y cuarto?

—No me viene bien —le dijo Lucy—. Tengo reuniones programadas —miró las páginas en blanco de su agenda, pero lo cierto era que no quería comer con él. Lo que tenía que hacer era huir de él.

—Cancélalas.

—Pero eso no es tan fácil.

—Sí que lo es. Sólo tienes que llamar por teléfono y hacerlo —su tono de voz no admitía discusión—. Mandaré un coche a buscarte. Tienes que estar en la entrada a las dos y diez.

Y colgó. Lucy dejó el auricular en su lugar de un golpe, lo que provocó las miradas de sus compañeros. ¡Qué cara tenía! ¡Y encima le enviaba un coche!

Capítulo 7

D E ALGÚN modo, Lucy se las apañó para trabajar, aunque su mente a veces hacía de las suyas.
Primero empezó a pensar en Rick y en el efecto
que tenía sobre ella, y después en Kris y en su extraña
conversación.

Lucy tenía veintidós años cuando se conocieron en
un seminario de dos días de la empresa. Tenía que admitir que la atracción había sido inmediata; él era guapo
y le hacía reír, así que habían quedado después del
curso. En su primera cita la había llevado en su depor-
tivo descapotable a un pub típico a orillas del Támesis.
Era primavera y los ánimos estaban más optimistas por
el buen tiempo. Él siempre sabía decir lo más conve-
niente en cada ocasión, y así se había ganado también a
sus padres. Estuvieron saliendo unos años y después se
prometieron y tuvieron una gran boda. Recordaba el
baile y que él le había dicho que era el hombre más feliz
del mundo y lo enamorada que se sentía ella de él.

Se sintió irritada. ¿Por qué pensaba en eso? Había
sido una tonta. Él había parecido sincero, pero era una
actuación. En cuanto se casaron, las cosas cambiaron
mucho.

Al principio ella lo achacó al estrés. Se habían hipo-
tecado para comprar un piso y a los tres meses, Kris
perdió su empleo. Lucy no se preocupó al principio,
porque estaba bien cualificado, pero al cabo de mes y

medio, él cayó en una depresión. Cuando hubo una vacante en la empresa, Lucy llevó su currículum y, a decir verdad, movió ciertos hilos para que él entrara.

Después de eso, las cosas mejoraron, o al menos eso pensó ella. Lucy hubiera querido empezar a formar una familia cuanto antes, pero Kris prefería disfrutar un tiempo y ahorrar antes de tener hijos. Él sabía que ella lo deseaba de verdad, pero nunca llegaba el momento apropiado de tener un bebé.

Kris parecía obsesionado por ascender en la empresa. Trabajaba mucho buscando una promoción que nunca llegaba, hasta que por fin quedó una plaza vacante y se la dieron a otro. Aquello había afectado a su relación. Él estaba enfadado con ella, como si fuera culpa suya, cuando no tenía nada que ver, y ya no volvieron a sacar a la luz el tema del bebé.

Algunos decían que Kris tenía celos de la exitosa carrera de su esposa y que no soportaba el que ella estuviera por encima de él. Decían que por eso la dejó, y tal vez tuvieran razón. Lucy no lo sabía, aunque sospechaba del hecho de que su nueva compañera fuera una rubia de veintitrés años con unas piernas infinitas.

Lucy no sabía nada de su aventura. A veces llegaba tarde por las noches, pero él decía que iba al gimnasio y ella lo creía porque confiaba en él. Incluso cuando le decía que se iba unos días de vacaciones a jugar al golf con amigos, también lo creía. Por eso fue tal shock cuando supo la verdad. Se sintió estúpida e inocente, e infinitamente dolida. Incluso ahora cuando pensaba en ello, aún sentía la amargura de aquellos días.

Pero tenía que dejar de pensar en ello. Había cometido un error con Kris y no servía de nada flagelarse por ello.

En ese momento sonó el intercomunicador.

–Lucy, te esperan en recepción –dijo una voz.

Miró al reloj. Llegaba tarde a su cita con Rick

–Bajaré en seguida.

Recogió el abrigo y unos documentos que Rick quería discutir y salió corriendo escaleras abajo. Al ver que quien la esperaba era un chófer y no un taxista, volvió a sorprenderse. Las miradas de las chicas de recepción no la dejaron ni un instante hasta que entró en la lujosa limusina.

–El señor Connors dijo que podía tomar una copa si le apetecía –le dijo el chófer.

–No, gracias –dijo ella–. Es una reunión de trabajo.

Durante el trayecto, Lucy preparó la documentación y trató de no pensar en el tiempo que iba a pasar a solas con Rick. El restaurante probablemente estuviera lleno y sólo hablarían de trabajo. Sin problema.

Estaba a punto de preguntarle al conductor dónde la llevaba, cuando dobló una esquina y aparcó frente al Cleary's.

–Hemos llegado, señora –dijo abriéndole la puerta–. El señor Connors la espera en el interior.

A pesar del sol que lucía en el cielo, el aire era frío y Lucy entró rápidamente en el hotel. Le pareció lógico comer allí puesto que el hotel pertenecía a la empresa, pero aun así, le parecía extraño volver allí y recordar lo que había pasado después de su encuentro.

–Lucy. Por aquí.

Rick estaba junto al mostrador de recepción, hablando por su teléfono móvil. Le hizo una seña y ella fue hacia él.

–Quiero que te pongas a ello inmediatamente –dijo, siguiendo con su conversación, pero haciéndole un gesto a ella de que no tardaría mucho.

Ella dejó los documentos sobre el mostrador y miró

a su alrededor: La recepción estaba muy animada; había mucha gente entrando y botones llevando maletas hasta los ascensores. Probablemente el restaurante estuviera lleno también, pensó ella aliviada.

—De acuerdo, pero asegúrate de que esté para el miércoles —Lucy notó que hablaba como si estuviera dando órdenes—. Lo siento —le dijo después de colgar—. Veo que has venido preparada —sonrió.

—He traído las cifras de este año también por si quieres comparar los datos de logística.

—Bien pensado —sonrió y agarró el montón—, pero creo que vamos a necesitar una hora más para ver todo esto.

—No va a ser posible. Tengo una reunión dentro de hora y media —dijo Lucy.

—Te dije que cancelaras tus reuniones —dijo con voz cortante.

—Creía que te referías a las que coincidían con la hora de comer.

Rick sacudió la cabeza.

—No pasa nada. Si es necesario, puedes llamar y cancelarlas desde aquí.

Lucy quiso protestar diciendo que no era muy profesional cancelar citas de última hora, pero como en realidad no tenía ninguna cita, prefirió cerrar la boca.

—¿Dónde vamos? —preguntó ella al ver que iban hacia el ascensor y que introducía una tarjeta en una ranura.

—La empresa tiene una suite en el piso superior. Estaremos más tranquilos.

—No tenemos por qué subir. En el restaurante estaremos bien.

—Hay mucho ruido, Lucy, y nos costaría concentrarnos —a ella no le quedó más opción que seguirle al ascensor.

Subieron en silencio y Lucy evitó mirarlo a los ojos.

Rick vio que se mantenía tensa; su pelo oscuro contrastaba con la claridad de su piel. Tenía las pestañas largas y rizadas y los labios ligeramente abiertos. Era una mujer muy sensual.

–Dime, Lucy... –cuando levantó la vista hacia él, Rick notó que había preocupación en sus ojos–. ¿Tienes sangre irlandesa en las venas?

Ella se sorprendió de la pregunta.

–No que yo sepa –dijo, encogiéndose de hombros–. ¿Por qué lo preguntas?

–Me recuerdas a mi padre. Él también tenía el pelo oscuro, un poco más que tú, y la piel blanca como el alabastro.

–Hablas de él en pasado. ¿Ha fallecido?

–No, pero está muy enfermo. No creo que sobreviva todo el año.

–Lo siento –Lucy estaba muy unida a su padre y no podía ni imaginar lo terrible que sería perderlo.

–Es bastante duro, sobre todo teniendo en cuenta que no nos hablábamos desde un año antes de que le diagnosticaran la enfermedad.

–¡Qué terrible! ¿Y por qué no os hablabais?

–Una larga historia de familia, pero para resumir, lo dejaremos en que quería que me casara y tuviera un hijo y heredero.

–Un tipo de mentalidad bastante anticuada –murmuró Lucy.

–Sí, él está un poco chapado a la antigua. Viví unos años con una mujer y todo el mundo asumió que acabaríamos casándonos. Al no hacerlo, él se llevó una desilusión.

Lucy se preguntó qué habría pasado y por qué no se casó con ella. ¿Lo habría dejado al aparecer la palabra «compromiso»? Le hubiera gustado preguntar, pero la expresión de Rick se ensombreció por un segundo y le pareció que el tema era demasiado personal.

—El matrimonio no es algo que se le pueda imponer a una persona.

—Sí, y soy de la opinión de que en el fondo se sabe cuándo una relación funcionará y cuándo no.

—A veces —apuntó Lucy. Ella se casó convencida de que funcionaría y no se dio cuenta de su error hasta el final—. Pero otras el instinto nos falla.

Las puertas del ascensor se abrieron y ante las vistas, Lucy se olvidó de la conversación. Estaban en una sala ultramoderna enorme con unas vistas sobre Londres increíbles.

—¡Qué vista tan preciosa! ¡Se ve toda la ciudad!

—Sí que lo es —Rick dejó la documentación sobre una mesa de vidrio—. ¿Te apetece beber algo?

—Agua mineral, gracias —se giró y lo vio ir hacia una barra y sacar una botella de una nevera.

—¿Para qué usa la empresa este lugar? —preguntó ella admirando los sillones de cuero blanco, las alfombras negras y las obras de arte de las paredes.

—Para los viajes de negocios —le pasó un vaso y tomó los papeles—. Vamos, te lo mostraré.

Ella lo siguió con curiosidad.

Desde la sala salía un pasillo y al otro lado de la primera puerta vio una oficina modernísima y muy completa. Probablemente podían trabajar allí hasta cinco personas.

—¿El jefe trae a su equipo de colaboradores cuando viaja?

—A veces sí —dijo Rick, dejando la documentación sobre la mesa.

—¿Y qué hay ahí? —Lucy empujó la puerta y vio una

sala de reuniones que podía albergar hasta treinta personas–. Está claro que al jefe le gusta la tecnología punta –dijo, señalando una pantalla motorizada de última generación.

–Supongo. Sirve para ver las proyecciones sobre nuevos negocios.

–Y después de la proyección, os ponéis de acuerdo sobre a cuánta gente vais a despedir.

–No siempre.

Lucy lo miro desconfiada.

–¿Por qué tengo la impresión de que no te gusta mucho el nuevo jefe? –aventuró él.

–Tal vez no me guste –se encogió de hombros–. Seamos sinceros, Rick. La mayoría de las empresas adquiridas por EC Cruceros han sido divididas.

–Él es un hombre de negocios –dijo Rick, sin pasión.

–Es un hombre de negocios sin piedad y de sangre fría –repuso ella, sin poder contenerse.

–No me había dado cuenta de que creías eso –dijo él con voz queda, demasiado queda.

–Bueno, tal vez no lo creo... tal vez estoy preocupada por cómo van las cosas en la oficina –intentó volver atrás porque sabía que no era una buena idea criticar al nuevo jefe. Además, no sabía cómo de unido estaba Rick a él, y estaba la advertencia de Kris...

–No intentes negar la verdad, Lucy –dijo él con una sonrisa–. No te gusta EC Cruceros.

–Yo no he dicho eso –al mirarlo vio una extraña expresión en sus ojos–. Pero, bueno, supongo que están más interesados en los beneficios que en la gente.

–Si una empresa quiere subsistir, tiene que preocuparse de los beneficios o nadie tendría trabajo.

–Ya, pero no por ello tiene que ser despiadada.

–¿Eso es lo que piensas de nosotros?

La pregunta, planteada con tanta serenidad, la dejó incómoda.

—No lo pienso a modo personal. Vosotros hacéis vuestro trabajo.

—Gracias por el voto de confianza —Rick torció los labios.

—Es lo que he leído en unas revistas de negocios —indicó ella.

—No se puede creer siempre lo que se lee —interrumpió Rick—. Y te sugiero que le des al nuevo jefe alguna oportunidad antes de empezar a criticarlo.

—Supongo que tienes razón —dijo ella, desganada.

—No hay nada que suponer: tengo razón —Rick alargó la mano y la obligó a levantar la cara poniéndosela bajo la barbilla—. Tienes que darle una oportunidad.

Su voz era firme hasta el punto de resultar autoritaria y la sensación de su mano sobre su piel era tan suave que enseguida envió ondas de placer a todo su cuerpo. En lugar de pensar en el nuevo jefe, se vio recordando cosas que no debía recordar, como lo bien que se había sentido en los brazos de Rick. Dio un paso atrás.

—Tal vez me equivoque, así que le daré una oportunidad —murmuró—. Después de todo, tú lo conoces y te cae bien.

Rick apretó los labios.

—Digamos que es un hombre que sabe lo que quiere y no teme ir por ello.

—¿Y crees que habrá despidos? —se obligó a pensar en el trabajo y no en el modo en que la miraba.

—Creo que intentará evitarlos al máximo, pero no garantiza nada, al igual que pasa en la vida.

Lucy asintió y no pudo evitar añadir:

–Sigo sin creer que me vaya a caer bien.

–Bueno, supongo que no todos podemos estar a tu nivel. Tal vez debas saber algo...

El sonido de un teléfono cortó la conversación y el ambiente. Rick dudó y finalmente se excusó para responder. Ella lo vio entrar en la oficina. ¿Qué era lo que había estado a punto de decir? Siguió caminando por el pasillo intentando no pensar en la extraña tensión que se había asentado entre ellos. Una parte de ella no tenía ganas de hablar de cosas de trabajo, sino correr a sus brazos de nuevo. Tal vez su furia contra la nueva empresa había sido una cortina de humo para esconder cómo se sentía realmente. ¿Había ido demasiado lejos? Rick no parecía contento.

Abrió una puerta y se encontró frente a una habitación magnífica en la que no se había reparado en gastos: una cama enorme, suelos de caoba pulida, vistas panorámicas... El baño era de mármol con grifería de oro. Fue hasta la cama y se sentó. Era una cama de agua. ¿Qué tipo de hombre sería el nuevo jefe?

–Lucy.

La voz de Rick desde la puerta le provocó un sobresalto. Se sentía culpable por haber estado curioseando.

–Lo siento –dijo, levantándose a toda prisa–. Estaba curioseando. Deberíamos volver al trabajo.

–Tal vez sí –entró en la habitación y algo en el modo en que la miró, la dejó sin aliento.

–Esta habitación es impresionante –comentó–. Nunca he dormido en una cama de agua.

–¿No? –se acercó más a ella–. ¿Quieres probar? –la pregunta hizo que la temperatura se le disparase.

Ella lo miró dubitativa.

–¡Espero que no estés sugiriendo nada inapropiado! –dijo, sorprendida.

–¿Podría yo hacer algo así? –preguntó él a su vez con una sonrisa.

El brillo juguetón de sus ojos no hizo nada por tranquilizarla.

–Probablemente.

–Yo puedo ser serio, Lucy. Y, además, fuiste tú la que dijo que sería sexo y nada más.

–Mira, creo que te llevaste una impresión equivocada de mí la otra noche.

–¿En serio?

–Sí –lo miró con firmeza–. No me gustan las aventuras y tener sexo con extraños. Fue un momento de locura.

–Varios momentos de locura.

Ella lo miró echando fuego por los ojos.

–Si fueras un caballero, no mencionarías eso.

–Tal vez no sea un caballero.

–No, no lo eres –puso los brazos en jarras–. Mira, si no te importa, me gustaría olvidar lo que pasó entre nosotros el viernes. No pensaba con claridad. Estaba enfadada.

–¿En serio? –la sonrisa desapareció de sus ojos–. ¿Por qué?

–Simplemente lo estaba, y punto –pero a Rick no le sirvió la respuesta y siguió esperando y mirándola–. Había oído algunas cosas sobre mi ex marido –dijo por fin, esperando que bastara.

–¿Y eso te molestó?

Ella asintió. Lo peor era que en realidad estaba mintiendo. Era cierto que se había enfadado al conocer el embarazo de la novia de Kris, pero no tenía nada que ver con cómo había caído en sus brazos aquella noche. Se había acostado con él porque había querido, porque lo encontraba muy excitante, y probablemente, si volviera a tocarla o a besarla... volvería a caer en sus brazos y la historia se repetiría. Al darse cuenta de ello, sintió un pinchazo en el corazón.

—¿Y qué había pasado? —preguntó él.

—Nada que a ti te importe.

—Creo que sí me importa si me utilizaste como paño de lágrimas.

—¡No te utilicé! —exclamó ella, horrorizada.

—Oye, no creas que me quejo. Me lo pasé muy bien.

—¿Podemos olvidar el tema y volver al trabajo? —pidió ella, sonrojada.

—Claro —accedió él sin poner dificultades.

—Gracias —Lucy le sonrió.

Probablemente él estuviera acostumbrado a aventuras transitorias y por eso encontraba su actitud hacia él tan divertida.

—Le he pedido al restaurante que pongan una mesa para nosotros en la sala y ya debe estar lista.

—Rick, como ando un poco ajustada de tiempo, ¿te importa que repasemos algunos asuntos mientras comemos? —quería mantenerse ocupada mientras estuviera con Rick Connors.

—En absoluto.

Lo cierto era que olvidar lo que había pasado el viernes por la noche estaba resultando mucho más difícil de lo esperado.

Capítulo 8

ERA JUEVES por la tarde. Un día más y Rick Connors se habría marchado, pensó Lucy mientras repasaba unas cartas. Se preguntó si volverían a verse. Tal vez, pero pasaría mucho tiempo. Ya le había dicho que viajaba mucho, lo cual a ella le venía muy bien. Se había pasado toda la semana intentando evitarlo sin mucho éxito. Cada vez que levantaba la vista lo veía hablando con alguien, riendo con alguien... pidiendo informes, sugiriendo cambios en su departamento... Se alegraría cuando se fuera.

¿O no? La pregunta se coló sin que la hubieran invitado. Por un momento recordó el calor de sus besos y el modo en que la abrazaba. Después recordó la comida de negocios en el hotel, que fue sorprendentemente bien. Rick había actuado de un modo muy profesional y amable, y no se volvió a hacer referencia a su desagradable conversación previa.

Por parte de Rick parecía estar todo olvidado, lo cual estaba bien, porque esa tarde llegaba el nuevo jefe y había convocado una reunión a las cuatro. El ambiente de la oficina era muy tenso.

—Ya ha llegado —dijo Carolyn asomando la cabeza por la puerta para hacer el dramático anuncio.

—¿Cómo es? —preguntó alguien.

—Tiene unos cincuenta años, de pelo cano... distinguido.

–Normal, es millonario, ¿no? Creía que sería mayor.

–Ahora está en la sala de juntas con el director general, Rick Connors y algunos contables –informó Carolyn–. El señor Connors debe estar poniéndolo al día de los informes que ha realizado de los empleados.

–No sabía que estaban elaborando informes individuales, creía que eran de los departamentos completos –dijo Lucy, levantando la cabeza.

–Yo he oído otra cosa –Carolyn hizo una mueca–. Parece que va a haber despidos, pero es lo normal en estos casos.

Lucy recordó la conversación con Rick sobre ese tema. Ella pensó que sólo eran comentarios sin importancia, pero tal vez él le estuviera sonsacando información... para sus informes... Frunció el ceño y se alegró de haber dado respuestas escuetas.

–Basta de especulaciones –pidió Lucy para intentar parar la espiral de pánico, aunque ella también estaba preocupada–. Si Rick había elaborado informes individuales, ¿qué habría escrito en el suyo? ¿Habría mencionado las cosas negativas que dijo sobre el jefe? No, Rick no caería tan bajo. Y en cualquier caso, la compañía sabía que ella estaba haciendo bien su trabajo.

Carolyn volvió a su mesa y Lucy acabó la carta que tenía a medias y la llevó a la mesa de su secretaria, que para variar, debía estar comentando cotilleos con alguien.

–¿Has oído que ha llegado el nuevo jefe? –dijo Gina nada más entrar unos minutos después–. Está en la sala de juntas.

–Sí, ya lo he oído.

–Oh, y Kris quiere hablar contigo unos minutos. Está junto a la máquina de café.

–¿Qué quiere? –preguntó Lucy frunciendo el ceño.

–No lo sé. No me lo ha dicho.

Lucy miró al reloj. La reunión empezaba en un cuarto de hora.

–De acuerdo –dijo, poniéndose en pie. No sabía qué le pasaba a Kris últimamente. Se lo encontraba por todas partes.

–Gracias por venir –le dijo Kris al verla llegar.

–De nada. ¿Qué quieres, Kris?

–Hay algo que debes saber antes de entrar en la reunión.

–¿Y qué es? Más vale que nos demos prisa, porque la gente empezará a ir hacia allí en unos minutos.

–No todo es lo que parece, Lucy –Kris dio un paso al frente y bajó la voz–. Esta semana nos han engañado a todos.

El tono críptico empezó a molestar a Lucy, o tal vez fuera el gesto amable de ponerle el brazo sobre los hombros, que ella veía fuera de lugar.

–Suéltalo ya, Kris. No sé de qué estás hablando –intentaba apartarse, pero él no la dejaba.

–Has pasado bastante tiempo con Rick Connors esta semana, ¿verdad?

–No más que cualquier otro –dijo desganada, temiendo sonrojarse.

Kris la miró con una ceja levantada.

–Bueno, acabo de salir de la sala de juntas porque tenía que llevar unos papeles al nuevo director financiero. Allí he oído algo que me ha dejado helado. Creí que tenía que decírtelo.

–¿Qué oíste? –Lucy empezaba a cansarse de aquello.

–Es sobre el nuevo jefe. Lo que pasa es que...

En ese momento se abrió la puerta de la sala de juntas y varios hombres salieron de ella. Rick era uno de ellos, Lucy no conocía al resto.

Rick los miró y vio lo cerca que estaban el uno del otro.

–Kris, ¿has conseguido el resto de datos que te he pedido? –preguntó con impaciencia.

–Aún no... Estaba en ello cuando... me despistaron.

–No es momento para despistes –Rick echó un vistazo a su reloj de oro–. Te sugiero que vayas a buscarlos. Y Lucy, tal vez quieras ir a tu departamento y organizaros para preparar a toda la oficina para la reunión.

–Sí, por supuesto –dijo Lucy con suavidad, mirándolo a los ojos. No iba a dejarse intimidar por él, por fría que fuera su mirada y duros sus modales.

Kris corrió por el pasillo hasta su oficina, pero Lucy no se dio prisa.

Rick sonrió, como si su gesto desafiante lo divirtiese. Eso la irritó, al igual que el hecho de que el corazón le palpitase con fuerza cuando él caminó junto a ella.

Echó un vistazo a los hombres que estaban junto a él preguntándose quién serían. Ambos tendría unos veintitantos y eran morenos, así que ninguno de los dos era el jefe. Uno de ellos le sonrió y la miró de arriba abajo con admiración. Ella le devolvió la sonrisa e iba a volver a su mesa cuando Rick la detuvo.

–¿Podemos hablar un momento?

Ella se giró y vio cómo los hombres seguían su camino y los dejaban solos.

–Después de la reunión, me gustaría que vinieras al despacho del director general.

–¡Oh! –Lucy intentó no sonar preocupada–. ¿Y eso?

–Porque hay ciertas cosas que quiero hablar contigo en privado –Rick miró el reloj–. De hecho llevo un par de días queriendo hablar contigo, pero hemos estado muy ocupados.

—¿Tiene algo que ver con los informes individuales que has realizado de cada uno?

—¿Por qué piensas eso? —dijo él, sonriendo.

—Estaba intentando adivinar —se encogió de hombros—. ¿Has escrito un informe de mí?

—Tu informe se ha transformado en... todo un tomo. Empecé con tres párrafos y llevo dos cuadernos llenos —dijo riendo.

—Muy gracioso, Rick —sus ojos se tiñeron de un verde peligroso por un momento—. ¿Qué has escrito de mí?

—Lucy —dijo con gesto de falsa solemnidad—, no puedo decírtelo. Es confidencial.

—Al igual que algunas de las cosas que yo te he dicho a lo largo de estas semanas —espetó—. Parece que todo esto te resulta muy divertido, pero a mí no me lo parecerá si has escrito algo de lo que dije sobre el nuevo jefe.

—Ah, ya veo —dijo él, arrugando el ceño.

—¿Qué quieres decir con eso? —lo fulminó con la mirada—. Lo digo en serio. No creo que fuera justo incluir mis opiniones personales, y lo mismo vale para algún comentario que haya hecho sobre mis compañeros.

—Tú nunca has dicho nada negativo de tus compañeros —apuntó él—. De hecho, siempre tiendes a ser generosa en los halagos hacia ellos. Es una pena que no pueda decir lo mismo de tu actitud para con la nueva directiva.

—Tengo derecho a tener una opinión personal —murmuró ella, incómoda.

—Lo sé, y no te preocupes; no he escrito nada de eso, sólo me lo he apuntado en la cabeza —Lucy estaba consternada; no sabía si eso era mejor o peor—. Hay algo que...

En ese momento las puertas de la sala se abrieron de nuevo.

–Señor Connors, tiene una llamada –dijo una de las secretarias.

–¿Puedes decirle a quien sea que llame más tarde? –pidió él con cierta brusquedad.

–Es de Nueva York y han dicho que es importante.

Rick pareció molesto.

–Ahora voy –se volvió a Lucy–. Hablaremos más tarde. No te olvides de venir al despacho después de la reunión.

–De acuerdo –se giró y le dio la espalda–. Sí, señor. Por supuesto, señor...

Aquel hombre tenía algo muy irritante, pensó mientras se sentaba de nuevo en su despacho. Parecía divertirle el suspender la espada de Damocles sobre su cuello por sus comentarios acerca del nuevo jefe. Pero tal vez lo más irritante de todo era que a pesar de las órdenes, había algo ente ellos difícil de definir con palabras, que se manifestaba cada vez que le sonreía, que la miraba e incluso cuando levantaba una ceja en un gesto muy suyo. Pero decidió no pensar en eso, porque sabía que sólo podía traerle problemas. Rick estaba demasiado cerca del nuevo jefe y a la vez había conseguido estar demasiado cerca de ella.

Hasta que no se dirigió a la sala con el resto del personal para asistir a la reunión, no volvió a pensar en lo que Kris había querido decirle. Lo vio al fondo, pero había tanta gente que le fue imposible acercarse a él. Probablemente no fuera nada, a Kris siempre le había gustado hacer teatro.

Lucy estaba de pie contra la pared y en la sala reinaba un murmullo continuo que se acalló cuando Rick Connors y los que estaban con él entraron.

Eran cinco y se colocaron en uno de los extremos: los dos chicos morenos, un hombre canoso con un traje gris que tenía que ser el jefe, John Layton y Rick Connors.

John Layton empezó por agradecerles a todos su presencia y su trabajo durante el periodo de compra de la empresa. Lucy se preguntaba si seguiría siendo su director general o si se retiraría. Ella prefería que se quedara; era un buen hombre que siempre se había preocupado por la empresa. Después miró al grupo en general. Rick era al menos una cabeza más alto que los demás y el traje oscuro le sentaba como un guante. Era un hombre muy atractivo y ella disfrutó de poder mirarlo a gusto sin que nadie se diera cuenta. De hecho, lo miraría todo el día, pero no sólo porque era guapo: había algo cautivador en él que la tenía atrapada. Rick miró hacia donde estaba ella y por un momento, sus ojos se encontraron y fue casi como si hubieran estado solos en el mundo. Todo a su alrededor se puso borroso y sólo quedó Rick quemándole los ojos con la mirada. Tal vez lo echara de menos cuando se marchara, porque se sentía muy atraída por él y volvería a hacer el amor con él.

—Y sin más, quiero presentarles al nuevo propietario de la compañía.

Lucy apartó la mirada de él, avergonzada por sus pensamientos e intentó concentrarse en lo que estaba pasando. Miró al hombre del pelo cano esperando que diera un paso al centro, pero él parecía estar mirando a otra persona. Tampoco los hombres más jóvenes se movieron, hasta que, para su asombro, Rick Connors avanzo un paso.

—... el señor Rick Connors –John Layton sonrió y le cedió el paso. Rick se volvió para mirarlos.

Lucy sabía que no era la única sorprendida.

–Quería agradecer a John Layton el que este periodo de transición haya transcurrido con tanta suavidad –comenzó Rick–. He disfrutado conociéndoos y pasando esta semana con vosotros. Ahora sé cómo funcionan cada uno de los departamentos y he de decir que estoy impresionado.

Tenía que haberse perdido algo, se decía Lucy angustiada. Rick no podía ser el nuevo jefe, se lo hubiera dicho.

–Y quiero disculparme por no haberos dicho quién era en realidad. Siempre me resulta difícil romper el hielo y de este modo la toma de contacto es más relajada.

Lucy se notó mareada al comprenderlo todo. No se había equivocado: Rick Connors era su nuevo jefe. Se había acostado con el nuevo jefe el viernes anterior y hacía unos pocos minutos... ¡había fantaseado con repetirlo!

Entonces se le pasaron por la cabeza todas las cosas que había dicho de él: que era despiadado y que no tenía corazón. Después recordó que él quería hablar con ella tras la reunión.

¿Acaso sería para despedirla? No la sorprendería del todo. Por un momento pensó en las facturas que tenía pendientes. Tras divorciarse de Kris, le había comprado su parte del piso y había tenido que estrechar el cinturón aún más. Probablemente podría aguantar un par de meses sin trabajo, pero no más.

Apretó los puños. Cada vez se sentía más enfadada. Volvía a verse en un aprieto por confiar en el hombre equivocado. Rick le había mentido en cuando a su identidad y probablemente la hubiera utilizado para conseguir información de otros trabajadores. En ese momento lo odió más de lo que había odiado a Kris; Kris era débil, pero Rick era... al final tenía razón sobre el nuevo jefe, porque era una rata despiadada.

—Finalmente —seguía diciendo Rick—, he decidido mantener English Caribbean Cruceros como empresa independiente de EC Cruceros, pero la sede estará en Barbados. Por eso necesitaré que algunos trabajadores se trasladen allí.

Un murmullo de excitación recorrió la sala.

—Eso no quiere decir que las oficinas de aquí vayan a cerrar —apuntó Rick, tranquilizador—. ¿Hay alguna pregunta.

—¿Cuánta gente se trasladará a Barbados? —preguntó alguien.

—Eso aún no está decidido.

—¿Y si las personas elegidas no quieren ir?

—Intentaremos buscar a trabajadores que sí lo deseen. La empresa colaborará con los gastos de traslado.

La gente empezaba a hablar a la vez y Rick levantó las manos para acallarlos.

—Sugiero que dejemos las cosas así por ahora. Gracias por su tiempo.

Nadie protestó ante su tono de voz, el mismo que Lucy lo había oído emplear para dar órdenes. No podía creer lo estúpida que había sido. Lo tenía delante: EC Cruceros. ¡Enrique Connors Cruceros! Y además, su aire de autoridad... No sabía si llorar o gritar. Estaba claro que siempre se implicaba con el hombre equivocado.

La gente empezó a salir y ella se vio arrastrada por la multitud. Mel estaba esperándola fuera.

—¿Qué te ha parecido eso? —le preguntó, muy nerviosa, llevándola a un lado.

—Creo que he sido una idiota —respondió Lucy furiosa.

–¿Ni siquiera te había dado una pista de quién era?

–¿Acaso crees que si me lo hubiera imaginado habría dejado que pasara algo?

Mel se encogió de hombros.

–A mí no me hubiera importado. Míralo así, Lucy: es millonario y es guapísimo –Lucy reaccionó mordiéndose el labio–. ¿Estás bien?

–Sí, pero ahora tengo que ir a enfrentarme al león en su guarida –miró a su alrededor y vio a Kris que iba hacia ella y le dijo a Mel–. Oh, no. Él es lo último que necesito ahora.

–Lucy, intenté avisarte, pero... –empezó Kris al llegar junto a ella–.¿Te imaginabas quién era él realmente?

–No, Kris. No sé por qué todo el mundo piensa lo mismo –replicó ella, enfadada.

–Yo me di cuenta cuando entré en la sala y oí que el hombre de pelo cano era el director financiero y los dos hombres jóvenes, abogados de la empresa.

–Ya veo –para Lucy el que Rick hubiera traído a dos abogados, decía muy poco a favor de su continuidad en el puesto.

–¿Estás bien? Pareces un poco pálida –preguntó Kris, preocupado.

–Estoy bien –¿por qué todo el mundo le preguntaba lo mismo? En ese momento vio a Rick salir de la sala y éste le hizo un gesto para que lo siguiera al piso de arriba.

Lucy sintió que se le encogía el estómago.

–Os veré luego –y siguió a Rick, pero para cuando llegó al ascensor, él ya había subido.

Mientras esperaba al siguiente ascensor, Lucy se dio cuenta de que todo el mundo hablaba de él. ¿Quién iría a Barbados? ¿Cuántos serían despedidos?

Mientras subía, Lucy deseó que John Layton estuviera presente. Vio su reflejo en un espejo del ascensor y comprendió por qué todo el mundo le preguntaba si estaba bien: tenía un aspecto horrible. De hecho, hasta se sentía mareada. Debían ser los nervios; se aplicó barra de labios y se arregló el pelo. Tenía que tener buen aspecto para enfrentarse a él.

Al salir del ascensor pensó en las veces que había estado en el despacho de John Layton: la primera cuando empezó a trabajar para la empresa, después, en un momento de crisis, para discutir algunas de sus propuestas, y por último, cuando Kris la dejó y fue a despedirse. John Layton la convenció para que se quedara. Aún recordaba sus palabras de ánimo y cómo le había pedido que se quedara un año para ver cómo se sentía.

Un año después se veía enfrentándose a un despido. Era irónico. Lucy se alisó el traje ante la puerta y pensó que tal vez estuviera sacando las cosas de quicio, pero entonces ¿por qué la había mandado llamar Rick? Tomó aire y llamó a la puerta.

—Pasa.

El tono autoritario contribuyó a aumentar su nerviosismo.

Rick estaba solo sentado tras el enorme escritorio de John Layton. Estaba hablando con alguien por el móvil.

—Sí, los abogados se han ocupado de ello y me han dado el aprobado esta mañana. No, he enviado copia a la oficina de Nueva York, así que no entiendo el problema —miró a Lucy y le indicó que se sentara frente a él—. No, Cindy está de baja por problemas personales en este momento, así que no puedo contar con mi asistente personal.

Lucy no hizo amago de sentarse y siguió mirándolo desde donde estaba. ¿Cómo había sido tan estúpida?

¿Cómo había podido ignorar ese aire de autoridad que reposaba sobre sus hombros? Todo en él indicaba dinero y éxito.

Recordó cómo le había dicho entre risas que le habían buscado un cuarto trastero en el Cleary's, y cómo ella lo había creído. Debió haber disfrutado enseñándole su suite el otro día: todo había sido como una broma pesada en realidad.

—Lucy, ¿vas a sentarte o vas a quedarte ahí fulminándome con la mirada todo el día? —preguntó nada más colgar el teléfono.

Su tono calmado sólo sirvió para enfurecerla aún más.

—Eso depende. ¿Merece la pena que me siente o vas a despedirme directamente? —preguntó secamente.

—¿Despedirte? —se recostó en la silla con ese brillo de diversión en los ojos—. ¿Por qué iba a despedirte?

La pregunta debía haberla calmado, pero estaba demasiado enfadada para sentirse aliviada.

—Porque te dije que no me gustas y que no me agrada el modo en que haces negocios.

Rick se encogió de hombros.

—Creo que habíamos acordado que le darías una oportunidad a tu nuevo jefe antes de juzgarlo.

—Eso era antes de saber que eras tú —murmuró ella entre dientes—. Me mentiste.

—Eso es una exageración. Lo único que hice fue no contarte toda la verdad.

—Para mí, eso es mentir —puso una mano sobre la mesa y se inclinó hacia él—. Si te acuestas con una persona y por casualidad no mencionas que estás casado y tienes hijos, ¿no sería eso mentir?

—Claro que sería una mentira —frunció el ceño—. Pero yo no tengo ni mujer ni hijos.

Ella lo miró, deseando no haber dicho nada de mujeres o hijos. No quería pensar que sus mentiras la afectaban en el plano emocional.

—Eso me da igual —siguió ella con tono gélido—. Sabías que tenía reservas sobre lo de acostarme contigo porque íbamos a trabajar juntos una semana, así que deberías haber pensado lo mucho que me incomodaría saber que me he acostado con mi jefe.

—Yo no era tu jefe el fin de semana, Lucy —le dijo tranquilamente—. Éramos nosotros mismos, sin cargos, y fue bastante especial.

Ella lo miró y el corazón le empezó a latir dolorosamente en el pecho. Recordó el modo en que la había abrazado, en cómo la había besado... cómo la había hecho sentir viva y querida.

—Fue sólo una aventura —dijo ella, apartando esos recuerdos de su mente—. Los dos lo sabemos. No espero nada de ti, pero hubiera estado bien que fueras sincero.

Por un segundo, Rick creyó ver una chispa de vulnerabilidad en ella, pero el fuego de sus ojos verdes en seguida la ocultó.

—Pero en cualquier caso —continuó ella—, seguro que no me has mandado llamar para volver sobre todo eso, y por mi parte, estoy deseosa de olvidarlo...

—Lucy, siéntate —le interrumpió él amablemente—. Siento que estés dolida por que no te dijera quién era.

—No estoy dolida, sino irritada.

—Créeme, intenté hablar contigo antes de la reunión con todo el personal, pero estos días han sido de locos —y para demostrarlo, el teléfono volvió a sonar. Él respondió inmediatamente.

Lucy escuchó mientras él tenía una ruda conversación con alguien que tenía que haber recibido unos papeles y no los había recibido. Tal vez no tenía que haberse dejado llevar si quería conservar su empleo, y además había mencionado el hecho de que se habían acostado juntos... eso había sido un gran error. Tenía que olvidar aquello como fuera, puesto que él no gastaba energías en pensar en ello. Se sentó.

–Lo siento –dijo Rick, colgando el teléfono–. ¿Dónde estábamos? Ah, sí. No te lo dije porque quería valorar la oficina desde el anonimato y además... me gustaba el modo tan natural en que actuabas conmigo. Me gustaba que dijeras justo lo que pensabas, aunque no estuviéramos de acuerdo.

–Has estado usándome como espía. Por eso me preguntabas qué me parecía el curso de la empresa.

–Lucy –la interrumpió con firmeza–, te preguntaba tu opinión porque quiero que vayas un año a Barbados a colaborar en el establecimiento de la nueva oficina –Lucy lo miró como petrificada–. Por eso te he pedido que vengas, para hablar sobre ello –miró a su reloj–. Por desgracia, me he quedado sin tiempo.

El teléfono volvió a sonar.

–Sí... olvídalo. Saldré hoy para la oficina de Nueva York y lo solucionaré yo mismo –colgó de un golpe y miró a Lucy–. ¿Qué te parece?

–Bueno... –Lucy se encogió de hombros. En espacio de unos pocos minutos había pasado de estar convencida de que la iban a despedir a verse asumiendo una promoción–. No estoy segura.

–Haremos una cosa –volvió a mirar su reloj–. Yo estaré en Nueva York una semana como mínimo, así que... ¿Qué te parece si vienes dentro de un mes? Vamos a organizar un crucero de tres días para los jefes de la compañía. Puedes venir y además ayudarme con los detalles de organización de última hora.

¡Ir con él a un crucero de tres días! Sintió que se estremecía de aprensión y nerviosismo. ¿Se trataba sólo de trabajo? Si no era así, tal vez no debiera ir.

–Rick, yo...

–Puedes quedarte una semana y ver qué te parecen las nuevas oficinas –continuó con decisión. No se lo estaba pidiendo, sino notificándoselo.

Antes de que ella pudiera decir nada, sonó un zumbido y se oyó una voz por el intercomunicador.

–Cariño, estoy en la recepción esperándote –era una voz de mujer, y sonaba muy atractiva.

Rick sonrió y apretó el botón para responder.

–Estaré ahí enseguida, Karina.

¿Qué estaba pasando? Por cómo se hablaban, debían tener mucha confianza. Qué inocente había sido al pensar que Rick la invitaba al crucero por algo más allá de lo laboral. Rick se había acostado con ella y ahora había pasado a una nueva conquista.

–Tengo que marcharme, Lucy –dijo, mirándola con calma–. Me marcho esta noche.

–Espero que tengas buen vuelo.

La frialdad de su tono de voz lo divirtió.

–Te veré en Barbados –declaró él.

Por un momento ella dudó y después asintió. ¿Qué tenía que perder? Era una posible promoción o, poniéndose en lo peor, diez días en el Caribe.

–Te veré en Barbados –repitió ella, levantándose de la silla sin dejarle decir más.

Capítulo 9

EL AVIÓN estaba sobrevolando el Mar Caribe y al ver sus aguas azul turquesa, Lucy se sintió más animada. Se alegraba de haber aceptado la invitación y poder huir del mal tiempo británico por unos días. Podría soportar ver a Rick durante unos días, pero no pudo evitar el nudo en el estómago que le provocó el pensar en él.

Llevaba tres semanas y media sin verlo. Él había estado dos en Nueva York y había llamado a la oficina para comprobar si ya tenía los billetes y comentar algún detalle. Le había resultado extraño descolgar el teléfono y oír su voz, sobre todo porque había estado pensando en él, en dónde estaría y qué haría... no era que le importase, sino sólo curiosidad.

Habían tenido una conversación impersonal y sólo al final él le había preguntado que cómo estaba.

—Bien —respondió ella con frialdad—. ¿Y tú?

—Estoy helado. Esta nevando. Me muero por llegar a Barbados.

—La vida es dura. Supongo que la compañía te habrá instalado en algún cuarto trastero —no pudo evitar la broma maliciosa.

—Pues sí —dijo él, riendo—, y esta vez es peor que la anterior.

—¿Tan malo es? Espero que no me metan en un sitio así cuando vaya a Barbados.

–Tú no te vas a alojar en un hotel, sino en el Condesa. Vas a pasar tres días en él, y después estará atracado cerca de las oficinas, así que estarás bien.

–Me parece bien –a Lucy le pareció muy bien el arreglo. Sabía que el Condesa era un barco de primera clase. Hasta las habitaciones del personal eran lujosas, así que no tendría pega–. Tomaré un taxi que me lleve allí cuando llegue.

–No, enviaré a alguien a recogerte –dijo Rick con firmeza–. Necesitas un pase de seguridad para acceder a los muelles.

–Bienvenidos a Barbados –anunció la azafata cuando el avión tocó tierra–. La hora local es las cuatro y cuarto y la temperatura en el exterior es de treinta grados.

Lucy guardó la chaqueta que había llevado al aeropuerto de Heathrow en su equipaje de mano. No la iba a necesitar en los siguientes diez días, pensó sonriendo. También se cambió los vaqueros por un vestido ligero.

No tardó en cruzar las aduanas y no tuvo que esperar su equipaje, porque sería trasladado directamente al crucero. Cuando salió a la sala de llegadas, buscó a alguien con un cartel con su nombre sin éxito, hasta que vio a Rick caminando hacia ella. El corazón le dio un vuelco de sorpresa, o de algo más preocupante parecido a una excitación que hizo que se le retorcieran las entrañas.

–Hola –dijo, con una gran sonrisa–. Qué sorpresa. No esperaba verte aquí.

–Hola, Lucy –para su desilusión, la besó en la mejilla, pero pudo notar el olor familiar de su colonia–. ¿Has tenido un buen viaje?

–Sí, y además he podido dormir unas horas –era consciente del modo en que él la miraba y se alegró de haberse arreglado un poco antes de aterrizar.

Como siempre, él estaba guapísimo. Nunca lo había visto con ropa informal; llevaba unos pantalones beige de un tejido ligero y una camisa de manga corta del mismo color. Tan alto, tan bronceado, tan poderoso... tenía un efecto sobre ella difícil de ocultar.

–Vamos, tengo el coche aparcado en la puerta –dijo, tomando su equipaje de mano.

–Vaya, qué calor hace –dijo ella al llegar a un porche rojo–. Pero no me quejo, y menos pensando en el tiempo que he dejado en Londres –él abrió la puerta y ella se acomodó en el asiento de cuero–. ¿Cómo es que has venido a por mí? ¿Era el día libre del chófer?

–Tenía que ir al barco de todos modos.

–Te agradezco que hayas venido –dijo ella con una sonrisa, para no parecer desagradecida.

–Pero seguro que hubieras preferido que enviara a alguien, ¿verdad? ¿Acaso te intimido, Lucy?

–Por supuesto que no –apuntó ella frunciendo el ceño.

–Eso me parecía –sonrió–. ¿Entonces por qué das un respingo cada vez que aparezco?

–No me había dado cuenta de que lo hacía –la había pillado por sorpresa–. Bueno, no sé el motivo. Tal vez tú tengas un efecto extraño sobre mí.

Él apretó los labios.

–Tú también me provocas cierta inquietud a veces –dijo–. A veces me sacas de quicio y otras... –el ruido del motor al encenderse ahogó sus palabras, si es que las dijo.

–¿Y otras? –preguntó ella, curiosa–. No he oído lo que has dicho.

—A lo mejor es mejor que no lo hayas oído. Tenemos que trabajar juntos, después de todo.

Lucy miró por la ventana e intentó concentrarse en el paisaje y no en sus palabras, pero estaba luchando una batalla perdida de antemano.

—¿En qué te saco de quicio? —preguntó.

—Es difícil de decir —la miró divertido—. Te lo diré la próxima vez que ocurra.

—Vaya, gracias —murmuró sarcásticamente—. Supongo que no te gusta el que diga lo que pienso.

—Oh, eso sí me gusta de ti. Es muy refrescante. Excepto cuando dices cosas poco agradables acerca de tu jefe —le sonrió.

—Sí, siento aquello. Parece que me equivocaba sobre ti.

—¿Ah, sí?

—Sí. Por ahora no has deshecho la compañía ni has despedido a la mitad de la plantilla, así que está claro que me equivocaba.

—Esa es una disculpa muy flojita, me parece a mí.

—¿Eso crees? No te lo tomes a mal. Soy una persona bastante reservada.

—Sí. Parece que uno se tiene que ganar tu confianza a pulso.

—Probablemente, y lo cierto es que no tuvimos un buen comienzo.

—¿Ah, no?

Ella deseó no haberlo mirado, porque cuando lo hizo, sintió que enrojecía hasta las orejas.

—Me refería al hecho de que me mintieras sobre quién eras —dijo, intentando no pensar en la noche que pasaron juntos en su cama.

—Ya veo —asintió él—. Tal vez tengamos algo en común: los dos somos bastante reservados —se estaban aproximando a la ciudad–. Entonces, ¿se puede decir que esto es una reconciliación? ¿Enterramos el pasado y empezamos de nuevo?

–De acuerdo –aceptó ella–. Es importante que tengamos una buena relación laboral.

–Yo también lo creo –y le sonrió.

Lucy volvió a sentir de nuevo una punzada de deseo. Apartó la vista de él. Era su jefe y habían enterrado el pasado entre ellos.

–¿Dónde estamos ahora? –preguntó Lucy para cambiar de tema.

–En Bridgetown, la capital de la isla.

Había empezado a anochecer con la rapidez propia de un atardecer tropical, pero Lucy pudo apreciar el ambiente colonial de una ciudad pequeña. Había lucecitas en los tejados y en los árboles de los parques.

–Verás que en las casas aún están las luces de Navidad –dijo Rick sonriendo al ver un reno iluminado en un tejado–. No sienten la necesidad de quitarlas inmediatamente después de las fiestas. Aquí no tienen prisa por nada, es todo muy relajado.

–Eso está bien. Yo soy muy supersticiosa con las luces de Navidad y las quito enseguida para no tener mala suerte al año siguiente.

–¿En serio? No imaginaba que fueras supersticiosa. Tendrás que contarme qué más supersticiones tienes durante la cena.

–¿Cena? –lo miró con desconfianza–. No sé, estoy un poco cansada.

–No lo dudo –dijo él asintiendo con la cabeza–, pero debes comer algo. Además, el barco está preparado pero hoy seremos sus únicos huéspedes, así que hay que aprovechar.

–¿Nosotros? ¿Los únicos pasajeros? –en medio de la

sorpresa se encendió una lucecita de alarma en su cabeza–. No sabía que tú también te ibas a alojar en el barco. Pensaba que te quedarías en tu casa.

–Me voy a quedar a bordo esta noche porque tengo muchas cosas que hacer en el último momento mañana por la mañana, y después llegarán los jefes de la empresa y los invitados para el crucero de tres días.

Rick se detuvo en el control de seguridad del puerto y le mostró un pase al guardia.

–Buenas tardes, señor Connors –dijo el hombre, levantando la barrera.

El Condesa tal y como lo vio Lucy por primera vez, era un barco magnífico. Era pequeño para el tamaño estándar de un crucero: llevaba más tripulación y personal que pasajeros y estaba destinado a la clientela más adinerada.

Rick aparcó al final del muelle y Lucy salió para respirar por primera vez la brisa del caribe al pie del agua. La suave brisa que corría no lograba aliviar la temperatura. Todo estaba muy tranquilo y silencioso, a diferencia de otros puertos que Lucy había visitado. Sólo había una persona esperándolos al final de la pasarela que los condujo al interior, a la recepción principal: un vasto espacio circular con una escalera dorada que se dividía en dos y rodeaba la sala. También había tiendas y una fila de ascensores de cristal.

–¿Habías estado en el Condesa antes? –preguntó Rick entrando en un ascensor.

–No, pero como escribí un informe sobre él, creo conocerlo bien. Es de fabricación italiana, ¿verdad?

–Sí, y está acabado con mucho estilo. Creo que a la dirección le gustará –y añadió con una sonrisa–. Ya sabes cómo me gusta tener a mi gente contenta. Espero que a la prensa también le guste.

Ella sonrió. Había sido idea suya invitar a algunos periodistas porque con suerte, escribirían crónicas favorables que les harían publicidad.

–Seguro que sí. Además, sabiendo lo encantador que puedes ser, saldrá todo a pedir de boca.

–¿Sabes? Eso es lo más bonito que me has dicho hasta ahora –dijo, bromista. Las puertas del ascensor se abrieron y Rick la condujo por un largo pasillo hasta una suite enorme y muy elegante.

–Esto es precioso –dijo ella, explorando la sala y el balcón privado.

–Tu habitación está aquí –y la condujo a un cuarto con una cama doble decorada en tonos rosados con una puerta que daba al pasillo y otra al balcón, además de la de la sala.

–Esto es muy lujoso. Esperaba alojarme en la zona de trabajadores.

–¡Nada de eso! ¿Qué clase de jefe crees que soy? Además, te quiero cerca, donde pueda vigilarte. Tengo montones de trabajo.

–¿Y dónde te quedarás tú? –preguntó ella, intrigada.

Rick abrió una puerta de la sala que daba a otra habitación idéntica a la suya, pero con un despacho cubierto por completo de papeles.

–Ya veo –dijo ella, empezando a preocuparse por el hecho de tener que trabajar tan cerca de él. Aunque, si lo pensaba bien, lo que más le preocupaba era su propia capacidad de mantener las cosas en el terreno profesional. Estaba segura de que no tendría ningún problema con ello, porque él era un hombre de negocios y sabía ponerlos por delante de todo lo demás. Además, probablemente él ya hubiera descartado la posibilidad de que ocurriera algo entre ellos, así que ¿por qué no iba a hacerlo ella?

¿Por qué cuando estaba con él perdía el sentido común? En cuanto él la miraba, sus emociones se disparaban por completo. Ningún hombre la había hecho sentir así, y se odiaba por ello. Pero, para ser sincera, la mayoría de las mujeres debían sentir lo mismo, porque Rick era guapísimo. Estaba segura de que esos ojos podían vencer todas las resistencias de una mujer en cuestión de segundos.

—Debe ser tu equipaje —dijo Rick cuando oyó que llamaban a la puerta, y fue a abrir.

Un botones le dejó la maleta en la habitación y después Rick miró su reloj.

—Tengo que atender unos asuntos en el puente, así que te dejaré para que te instales y te veré en la cubierta cinco para cenar... ¿en una hora está bien?

Ella asintió y él le sonrió desarmándola por completo. En cuanto cerró la puerta, Lucy se dejó caer en uno de los cómodos sillones. Probablemente lo de cenar a solas con él fuera una mala idea, pero no podía hacer nada. No era una cita que pudiera rechazar, sino una cena con el jefe. Tenía que ir.

¿Pero a quién intentaba engañar? Quería cenar con él. Cada fibra de su cuerpo temblaba de excitación ante la idea de pasar un rato con él. Cada vez que le sonreía, lo deseaba. Cada vez que le rozaba una mano, sentía escalofríos. Tenía una sensación de mareo que atribuyó a los nervios, porque sabía lo tonta que estaba siendo. Rick estaba fuera de sus límites; era su nuevo jefe y... no estaba interesado en ella. Había encontrado nuevas conquistas.

Se levantó para ir a deshacer el equipaje. Estaba furiosa consigo misma por dejarse vencer por el deseo y, además, ¿cómo podía sentir algo por un hombre que le había mentido?

Guardó la ropa sin cuidado en los cajones y fue a darse una ducha. Mientras, se decía que probablemente fuera un mujeriego, y más teniendo en cuenta su atractivo y su dinero. Recordó la sensual voz del contestador... ¿Karina? Volvió a preguntarse quién sería. No era que le importase, pero tenía muy claro que no iba a convertirse en una nueva adquisición para su harén. Tenía mucho orgullo y sentido común como para eso.

Una hora más tarde, con un vestido de verano amarillo y unos zapatos de tacón a juego, Lucy fue al encuentro de Rick. Sus ojos verdes brillaban decididos: no iba a dejarse llevar por sus oscuros sentimientos de deseo hacia Rick. A partir de aquel momento, sería inmune a él.

—Buenas tardes, señora Blake —la saludó un miembro del personal de a bordo al salir del ascensor—. El señor Connors la espera en el restaurante. Si me acompaña...

—Gracias.

El camarero la guió hasta un restaurante al aire libre en la popa del barco. Sobre los manteles blancos había velas encendidas. Rick se levantó al verla; se había puesto un traje oscuro y una camisa blanca. Estaba muy guapo, tanto que podía resultar peligroso.

Él le sonrió y casi pudo notar su mirada sobre la piel.

—Estás preciosa, Lucy.

—Gracias —un camarero le arrimó la silla—. No me esperaba esto. Pensaba que tomaríamos unas raciones de pizza o algo así.

—Pensé que esto sería más tranquilo. Después del largo viaje, necesitas que te mimen —le pasó el menú—. ¿Te apetece vino blanco o prefieres otra cosa?

Al ver que él estaba tomando vino blanco, se decidió por lo mismo que él, y Rick le sirvió una copa de la botella que se enfriaba en un cubo de hielo.

—¿Has acabado con los asuntos que tenías que hacer en el puente? —preguntó ella, intentando guiar la velada lejos de todo lo que pudiera resultar seductor, tarea difícil teniendo en cuenta el decorado, la luz de las velas y la suave música.

—Sí, todo está listo para recibir a los pasajeros mañana a las tres. Si esto te parece tranquilo ahora, prepárate para recibir mañana a las tres a todos los invitados.

—Seguro que es divertido.

—Eso espero —dijo él encogiéndose de hombros—. Me alegro de que estés aquí, sobre todo ahora que mi ayudante está de baja.

—¿Qué quieres que haga?

—Que recibas y saludes a todos los pasajeros, y que actúes de anfitriona en general.

—Vaya, ese trabajo me parece más apropiado para tu novia.

Rick echó a reír.

—En serio... esperaba que actuaras como nexo entre ellos y yo. Tú conoces bien a los directivos de tu lado de la empresa, y podrás ayudarme si me olvido de un nombre al hacer las presentaciones con la gente de EC Cruceros.

—No hay problema —asintió ella.

—Y también podrías ayudarme con el papeleo. Mi mesa está hecha un desastre en este momento.

—Si es la que he visto en tu habitación, creo que caos total sería una descripción más adecuada.

Rick rió.

El camarero fue a tomar nota de lo que querían. Como Lucy no tenía mucha hambre después del viaje, pidió un entrante de melón con jamón de Parma y un bistec con ensalada.

—¿Cómo andan las cosas por la oficina? —preguntó Rick cuando se quedaron solos.

—Bastante bien. La gente se quedó más tranquila cuando descubrió que no ibas a cerrar la oficina de Londres.

—¿Y Kris Bradshaw? ¿Está de mejor humor?

—No lo sé —respondió ella encogiéndose de hombros—. Supongo. ¿Por qué me lo preguntas?

—Simple curiosidad. Vi que siempre está cerca de ti en la oficina y me dijeron que era tu ex marido.

—¿Quién te dijo eso? —Lucy sintió cómo se acaloraba. No quería hablar de Kris, era demasiado personal.

—¿Qué importa quién me lo dijera? —murmuró él—. Lo cierto es que tú no me lo dijiste.

—No pensé que tuviera importancia. Es mi ex marido, pero no interfiere en mi trabajo de ningún modo, así que no tengo mucho más que decir.

—¿Pero interferirá en tu decisión de venir a Barbados?

—¡No, claro que no! —a Lucy le sorprendió la pregunta—. Rick, me dejó por otra mujer y ya no tenemos nada que ver.

—Pero aún lo amas.

—¡No, claro que no! —explotó ella, sin saber si era una declaración o una pregunta—. Tendría que estar loca para seguir enamorada de él después de lo que me hizo. No sé cómo puedes pensar eso.

—Eso es lo que dicen en la oficina —al final había llegado a la parte sensible, se dijo. Sus ojos verdes brillaban como el jade.

—No te creía de ésos que hacen caso de rumores —repuso ella, fulminándolo con la mirada.

—Es difícil de evitar. Debí escucharlo cuando comentaron lo de tu cita múltiple.

—¿La gente habla de eso? —dijo, palideciendo—. ¿Saben algo de lo nuestro?

–No, estaban hablando de que alguien te había invitado a cenar y lo habías rechazado.

–Era Mark Kirkland –indicó recuperando el color–. Menos mal que no saben nada de nosotros...

–¿Kirkland? ¿Es el que marcó tu casilla en la cita múltiple?

Por un momento volvió a la mañana que compartió en la cama con Rick y el momento en que recibió el mensaje de la agencia, y volvió a revivir las risas y la lucha antes de sucumbir a la pasión.

–¿Por qué me preguntas esto, Rick? –dijo ella, intentando olvidar esos momentos.

–Porque me interesa –dijo, sin apartar los ojos de ella–. ¿Entonces no saliste con él?

–No, pero no fue por mi ex marido. Lo cierto era que estaba muy cansada para salir con él.

–Y tú siempre pones el trabajo por delante –remarcó Rick–. Ya lo vi en Londres: la primera en llegar y la última en irse. ¿Eras así antes de tu divorcio?

–¿Quieres que me tumbe en un diván para que me psicoanalices a placer?

Él rió ante su ocurrencia.

–Hazlo si quieres, pero tal vez me despiste –ella se sonrojó y él sonrió–. Lo siento, no debería bromear con esto.

–No, y menos después de lo que pasó –murmuró, e intentó seguir con la conversación–. No puedo creer que la gente siga hablando de mí. Hace un año que me divorcié, pero deben tener una fijación.

–Tal vez porque tu ex y tú aún parecéis compartir algo.

–¡Nada de eso! Tenemos que trabajar juntos, así que Kris me habla y nos llevamos civilizadamente, pero no queda nada entre nosotros –parecía indignada–. De hecho, su novia está embarazada... y no ha sido él quien me lo ha contado, sino la rumorología de la oficina. De hecho me sorprende que no lo hayas oído tú también.

–Pues no –le sirvió más vino–. ¿Era eso lo que te molestaba la noche que nos vimos en el Cleary's?

Lucy se sonrojó. En un momento de debilidad lo había usado como excusa para justificar lo que había pasado entre ellos. Por un momento se planteó mentir, pero después se dijo que no merecía la pena.

–Sí, era eso. Pero no me molestaba por lo que estás pensando –murmuró, y le lanzó una mirada desafiante.

–¿Entonces por qué te molestó?

–Simplemente me enfadó –dijo, sin entrar en detalles–. Pero no tiene nada que ver con que esté aún enamorada de Kris. De hecho, creo que ya no creo en el amor –dijo, muy ocurrente. Rick le sostuvo la mirada y los dos se quedaron en silencio unos segundos–. He rehecho mi vida desde que Kris se marchó. Disfruto de mi trabajo y de mi vida, y al contrario de lo que la gente piensa, no me paso el día llorando por él –levantó la cabeza de un modo orgulloso y decidido–. Y además, desde mi divorcio soy una persona más fuerte, y no dejaré que nadie me haga sentir como lo hizo Kris. Nunca –antes de que él pudiera decir nada, ella apartó la silla de la mesa y se levantó–. Y ahora, si me disculpas... He perdido el apetito y estoy muy cansada, así que creo que me iré a dormir.

–Lucy...

Ella lo oyó llamarla mientras se alejaba del restaurante, pero no volvió la vista. El corazón le latía ensordecedoramente y estaba furiosa consigo misma por haber perdido los nervios de ese modo. Si no se hubiera levantado, se habría echado a llorar delante de él en cuestión de minutos.

Acababa de llegar al refugio de su camarote cuando Rick llamó a la puerta.

—¿Lucy?

—Vete, Rick. Hablaremos por la mañana.

—Quiero hablar contigo ahora –dijo él con firmeza.

Lucy tenía miedo de abrir la puerta porque sentía que tenía los nervios a flor de piel. Tal vez era producto del cansancio.

—Lucy, por favor, abre la puerta...

Esta vez, la dulzura de su tono la convenció e hizo lo que le pedía.

—Hola –dijo él con una sonrisa mientras le miraba el rostro, preocupado–. No debí hacerte enfadar así, lo siento.

—Debe ser por el cansancio –dedujo ella encogiéndose de hombros–. Y que estoy cansada de que no dejen de hablar de mí.

—Te entiendo –dijo, y le apartó un mechón de pelo de la cara. La ternura del gesto hizo que el corazón le diera un brinco en el pecho.

—Todo lo que puedo decir, Lucy, es que tu ex marido es un completo imbécil por dejarte –sus dulces palabras provocaron una extraña sensación en ella.

—Gracias por el voto de confianza –Rick acababa de hacerle un cumplido, eso era todo–, pero no es tan estúpido. Sandra es muy bonita, tiene veintitrés años y una figura de muerte.

—Pero no eres tú, ¿o sí? –repuso él encogiéndose de hombros.

—Creo que eso fue lo que le atrajo de ella –rió Lucy.

Rick le devolvió la sonrisa.

—Sigo pensando que ese chico no tiene cabeza, y además, ella no puede tener una figura más bonita que la tuya.

Sólo estaba siendo amable, se dijo ella a sí misma. «¡No dejes que te afecte! ¡No lo creas!»

–Rick, no intentes embaucarme –susurró ella–. Tu carisma latino probablemente funcione con otras mujeres, pero no conmigo –nada más decirlo lo miró a los ojos y notó cómo el deseo recorría su cuerpo en todas las direcciones.

–No intento embaucarte. Te admiro y te respeto demasiado como para hacer eso.

–Rick, en serio... –empezaba a estar aterrada al ver cómo caían sus defensas una a una.

–Lo digo en serio, Lucy. No te haría daño por nada del mundo –ella sonrió temblorosa ante sus palabras–. Así está mejor. Tienes una sonrisa preciosa.

–Lo estás haciendo de nuevo. Será mejor que no lo intentes porque no voy a caer...

–¿No te han dicho nunca que agradezcas los cumplidos?

–Sí, mi madre lo decía. Pero también que tuviera cuidado con los lobos con piel de cordero.

–Tu madre parece una mujer lista –dijo él–, pero te aseguro que no soy ningún lobo.

–Oh, claro que lo eres.

–Lucy, acéptalo. Eres una mujer preciosa y arrebatadora. De hecho –le recorrió la línea de la barbilla con el dedo–, desde que hicimos el amor no he hecho más que desear repetirlo –y la besó provocativamente en los labios.

Un momento después, ella se dejaba arrastrar por él justo a donde él quería.

Capítulo 10

¡HABÍA dejado que volviera a pasar! Esto fue lo primero que pensó Lucy al despertarse de nuevo al lado de Rick.

¿Cómo había ocurrido? ¿Por qué con sólo tocarla, ya la tenía en sus manos? Por un momento recordó sus caricias sobre su piel desnuda, el calor de sus besos y el intenso placer. Recordó que lo había dejado desvestirla y la necesidad que casi la consumía. ¿Qué demonios le estaba ocurriendo? ¡Era su jefe, demonios!

De repente, él abrió los ojos y se encontró atrapada por su oscura mirada.

—Buenos días —le dijo adormilado. Ella le sonrió, pero su sonrisa estaba envuelta en sombras—. ¿Qué tal has dormido? —preguntó con un bostezo.

—Bien —y entonces se le vino a la mente una imagen de los dos desnudos mientras Rick la llevaba hábilmente hasta el clímax. Había quedado tan saciada y exhausta que se había dormido inmediatamente.

—Estás preciosa por las mañanas —dijo él, incorporándose sobre el hombro, y le acarició levemente la cara.

—Eres un liante, Rick Connors —murmuró ella, apartándose—. Sabes que me había dicho a mí misma que no volvería a acostarme contigo. No puedo creer que haya vuelto a acabar así.

—Yo me alegro de que hayamos acabado así —dijo él,

dándole un besito en la punta de la nariz–. Me alegro y mucho.

Su cercanía hacía que se sintiera nerviosa porque provocaba en ella emociones conflictivas. Por un lado, deseaba continuar como la noche anterior, abrazarlo, besarlo y rendirse al poder que ejercía él sobre sus sentidos. Por otro lado, lo que quería era huir de allí a toda velocidad.

–¡Pero es un error, un gran error! –exclamó ella.

–¿Por qué?

Su tono calmado la irritó aún más.

–¡Porque eres mi jefe!

–Lucy, son las seis y media de la mañana. Sólo soy tu jefe en horario laboral, así que relájate. No te pediré que te quites la ropa después de las ocho y media. ¿De acuerdo?

Su suave tono de broma no hizo disminuir la tensión que sentía.

–No, esto no está bien. Tenemos que trabajar juntos y no debería haberme acostado contigo. He sido débil... estaba muy cansada –intentó levantarse.

–Lucy, esto va a ocurrir de nuevo –murmuró él, impidiendo que se apartara de él–. Hay química entre nosotros, y los dos lo sabemos.

Y como para demostrarlo, le acarició la cintura y su cuerpo respondió con una fiera punzada de necesidad.

–¿Entonces propones que nos rindamos a la química o lo que sea esto? –murmuró ella.

–Sí –él empezó a besarla, primero en la cara y después en el cuello, provocándole un dulce placer–. Deberíamos dejar que esto siguiera su curso y disfrutar el uno del otro.

Por un momento ella se rindió a las sensaciones y unió sus labios a los de él en un beso explosivo y apasionado.

–¿Ves? Es química. Podemos hacer que esto sea una aventura sin ataduras y sin preocupaciones.

Por un segundo, ella deseó lo mismo que él: tener una aventura, ser moderna. Sólo era sexo. Después, cuando la miró a los ojos, sintió pánico al razonar. Podía salir muy mal de todo eso.

–No, Rick. Esto es una locura –dijo, apartándose con firmeza de él–. No quiero complicaciones en mi vida y una aventura con el jefe es una complicación muy gorda. Lo de la noche anterior fue una excepción.

–Ya ha pasado antes –apuntó él–. Y volverá a pasar.

–No volverá a pasar.

Saltó de la cama y se quedó mirando su cuerpo. Tenía un físico estupendo... Rick notó que lo miraba y sonrió, provocando que ella se sonrojara.

–Deja de luchar contra ello, Lucy. Te veré en cubierta para desayunar dentro de media hora, ¿de acuerdo? Allí hablaremos –le dio un beso en los labios y se despidió con un «no tardes».

Cuando la puerta se cerró, a Lucy le latía el corazón como si le fuera a escapar del pecho y sus emociones corrían desbocadas por sus venas. Había cometido un error al acostarse con él. Además, estaba demasiado seguro de sí mismo, era demasiado arrogante... Pero muy bueno en la cama. Era muy apasionado y tierno, y a ella le gustaba que le susurrase en la oscuridad sobre lo mucho que la deseaba. Tal vez él tuviera razón y debieran dejarse llevar por aquello de la química y que tal vez el fuego, al cabo de un tiempo, se apagase solo.

Se levantó de la cama. Tampoco le parecía bien tener una relación basada en el sexo. No estaba segura de poder hacerse cargo de la situación

Nada más abrir el grifo se sintió mareada. La náusea la debilitó y tuvo que agarrarse al lavabo y respirar con fuerza. No sabía si iba a vomitar o a desmayarse. Fue un momento horrible que, por suerte, se pasó al cabo de unos minutos.

¿Qué le había pasado? Se preguntó, mirándose al espejo. Tal vez fuera el calor. Se duchó y se puso unos pantalones de lino blanco y una camiseta blanca y negra. Tenía un aspecto estupendo.

Probablemente no hubiera sido nada; le preocupaba más lo que le iba a decir a Rick durante el desayuno.

El cubierta hacía mucho calor a pesar de lo temprano que era. Lucy fue al restaurante y no vio a Rick, pero la mesa en la que se habían sentado la noche anterior estaba ahora cubierta por una enorme sombrilla verde, así que tomó asiento. Rick llegó poco después con unos pantalones caqui y una camiseta beige. Aún tenía el pelo húmedo de la ducha y estaba fresco y atractivo.

–Lo siento, me he entretenido hablando por teléfono –le dio un beso en la mejilla, un gesto muy íntimo, muy a su pesar.

Lucy echó un vistazo a su alrededor para comprobar si alguien los había visto.

–No te preocupes, Lucy. Aquí no hay nadie y te prometo que no va a salir ningún paparazzi detrás de una maceta.

–Muy gracioso, Rick, pero si algo de esto llega a saberse en la oficina, puedo prepararme.

–Comprendo tu preocupación –dijo, asintiendo con la cabeza–. A mí tampoco me gusta mezclar el placer y el trabajo.

¿Acaso quería eso decir que había cambiado de idea en lo respectivo a volver a llevarla a la cama? Primero se sintió desilusionada y después molesta consigo misma.

–Entonces estamos de acuerdo en que lo mejor sería olvidarnos de este asunto –dijo ella.

–¿Y piensas que por decirlo en tono decidido vas a ser capaz de hacerlo? –ella enrojeció–. Lucy, asumámoslo, la química existe y por el hecho de que seas mi amante, no quiere decir que no podamos trabajar juntos. Los dos estamos centrados en nuestro trabajo y no buscamos relaciones a largo plazo

–Veo que lo tienes todo planeado –dijo ella, con el pulso por las nubes.

–Yo no diría tanto, pero sí –sonrió–. Quiero que aceptes el puesto aquí, en Barbados. Supongo que tardarás casi todo el año en poner en marcha la oficina, y durante ese tiempo podríamos pasarlo bien.

–¿Crees que la química no durará más allá de un año?

–Creo que debemos plantearnos las cosas de un día para otro –repuso Rick.

–Eso es fácil de decir para ti. Cuando la cosa se acabe, no serás tú el que se preocupe por perder su trabajo.

–¿Crees que cuando deje de acostarme contigo te despediré? –pareció disgustado–. Creía que habíamos avanzado en eso de que era una rata despiadada.

–Realmente no pienso eso de ti –murmuró ella, avergonzada–. Pero me pregunto si me has ofrecido este puesto porque quieres llevarme a la cama.

–Lucy, primero soy un empresario –sacudió la cabeza–. No te hubiera ofrecido el puesto si no pensara que eres la persona más adecuada para él. Hay mucho dinero en juego y no quiero arriesgarme en esa nueva aventura.

Se sintió un poco tonta por haberle hecho esa pregunta. El camarero les sirvió café y dejó la cafetera en la mesa. Lucy pidió una tostada para desayunar.

–¿Sólo vas a pedir eso? Anoche apenas cenaste. Deberías estar hambrienta.

–No, será suficiente. Normalmente no desayuno.

Rick pidió tortitas con jarabe de arce y Lucy sintió que se le revolvía el estómago con sólo pensar en ello. De hecho, hasta el olor del café la molestaba. Tal vez fueran los nervios por la discusión. Apartó la taza y se sirvió agua.

–¿Estás bien? –preguntó Rick–. Estás un poco pálida.

–Es el efecto del clima tropical –explicó–. Pronto tendré mejor aspecto.

–Siempre estás preciosa –dijo él suavemente–. ¿Entonces qué dices? ¿Probamos? ¿Vemos hasta dónde nos lleva esto?

Sus palabras eran despreocupadas, pero sus ojos la miraban con gran seriedad. Su propuesta le sonaba por un lado excitante y por otro, peligrosa.

–Lo pensaré, Rick –murmuró–. Además, aún no sé si voy a aceptar el trabajo que me has ofrecido, y supongo que una cosa depende de la otra. No puedo ser tu amante si vivo en Londres y tú aquí –intentó mantener el mismo tono informal que usaba él.

–Me parece justo –accedió él–, pero aunque no quieras seguir con nuestra relación, me gustaría que consideraras la posibilidad de aceptar el trabajo aquí.

–No te preocupes, yo también pongo el trabajo por delante de todo lo demás.

Lucy se preguntó qué le gustaría, cuáles serían sus pasiones... el trabajo era su amante más querida, pero tenía que haber algo más.

–Te veo muy pensativa –dijo él de repente.

–¿Sí? Estaba pensando en lo poco que te conozco, y sin embargo, estamos desayunando y hablando tranquilamente de tener una aventura.

—Ya sabes que somos muy compatibles en el terreno sexual —apuntó él con voz seductora.

Ella intentó no parecer avergonzada.

—Bien: sé eso y que Marion Woods te rompió el corazón a los siete años.

Él echó a reír.

—Ya sabes de mí mucho más que la mayoría de las mujeres. Creo que no le había contado eso a nadie.

El camarero les trajo la comida y Lucy se preguntó si dejar la conversación en ese punto; Rick era muy celoso de su privacidad y no le gustaría que le hiciera preguntas. Por otro lado, quería saber más cosas de él.

—¿Creciste en Buenos Aires? —preguntó ella, curiosa.

—Viví allí hasta los siete años y después me mandaron interno a una escuela en Inglaterra.

—Debió ser duro dejar a tus padres a esa edad.

—No estuvo tan mal. Lo duro vino cuatro años después, cuando se divorciaron. Mi padre se fue a Londres y mi madre a Miami, con su novio, y todo pareció romperse en pedazos. Mi familia tenía una cadena de restaurantes, que empezó a ir cada vez peor. Cuando acabé mis estudios me dediqué a recuperar los restos del hundimiento.

—¿Y lo lograste?

—Haces muchas preguntas.

—Menos que tú anoche. Y si voy a ser tu amante, tengo que saber más de ti.

—*Touché* —aceptó él, riendo.

—¿Cómo pasaste de tener una cadena de restaurantes a EC Cruceros?

—Bueno, compre y vendí. Separé capital y me quedé con los mejores negocios para vender los otros y poder comprar más.

—¿Y tu padre?

–He intentado echar un ojo a sus negocios, sobre todo desde que le diagnosticaron la enfermedad, pero no tengo mucho tiempo, así que uno de mis agentes, Karina Stockwell, se ocupa por mí.

¿Karina? ¿Era la mujer cuya voz había sonado por el intercomunicador? No quería hacerle esa pregunta.

–¿Te he hablado de ella? –Rick frunció el ceño.

–¿Estaba en Londres justo antes de que te marcharas a Nueva York?

Rick asintió.

–Karina y yo nos conocemos desde hace bastante tiempo. Vivimos unos años juntos. Mi padre la quería mucho y por eso se enfadó cuando no nos casamos.

–¿Qué pasó entre vosotros? –preguntó ella, como si no tuviera importancia.

–No funcionó. Nos queríamos y aún somos amigos, pero la relación se había acabado.

–¿Quién decidió dejarlo? –no debió preguntar eso, pero no pudo contenerse.

–Fue algo mutuo –Rick la miró con el gesto torcido–. No digo que haya sido un ángel con las mujeres; he tenido muchas novias y probablemente a más de una le haya roto el corazón, pero no fue intencionadamente.

–No, claro –apuntó Lucy irónica–. No era que quisieras dejarlas, sino que tenías una reunión, o un viaje de negocios o una crisis en uno de los departamentos...

–Es cierto –admitió él–. El trabajo siempre era lo primero, pero siempre intenté ser sincero y avisar desde el principio. Con Karina fue distinto. Yo iba en serio con ella, pero sabía que el matrimonio no funcionaría.

–Quería una familia, no un adicto al trabajo, ¿verdad? –aventuró Lucy.

–No era tan radical –dijo Rick sin más detalles.

—Lo siento —ella apartó la mirada—. No debí entrar en el terreno personal de tal manera.

—Karina y yo somos amigos, y ahora ella está casada. Las cosas pasan por algo.

—Supongo —ella se preguntó si su aversión al matrimonio vendría de la experiencia de sus padres.

—¿Se ha acabado ya la entrevista? —preguntó él.

—Acaba de terminar —sonrió ella.

—¿Y he aprobado?

—Justito.

—Bien, porque me había cansado de hablar —se levantó y le ofreció la mano—. Tenemos hasta las tres, cuando llega todo el mundo, así que había pensado llevarte a la oficina y mostrarte el lugar que te he reservado.

—¿Ya me has encontrado un sitio?

—Sí. Vamos, te lo mostraré.

Al sentarse a su lado en el coche, Lucy se dijo que no olvidaría aquel día nunca ni aquel paisaje.

Rick bajó la capota del coche y tras atravesar la ciudad y un campo de caña de azúcar, llegaron a un lugar transportado de Devon, en Inglaterra, excepto que aquél estaba en un contexto tropical.

—Esto es precioso —dijo ella.

—Mi casa está por allí, pero ahora está tapada por los árboles y no se ve bien —dijo.

Unos minutos más tarde atravesaban unos altos postes que daban la bienvenida a una casa de madera con una galería. Estaba pintada de rosa y amarillo, y estaba rodeada por una vegetación exultante: bananeras, aguacates, papayas...

—Aquí es —dijo él—. Pensé que te gustaría.

—¿Esto es para mí? —dijo ella, totalmente hechizada con la casa.

–Si te gusta, sí –dijo Rick, saliendo del coche–. Vamos, te lo mostraré.

Lucy lo siguió. Nadie podría decir que no le gustaba aquella casa; parecía recién salida de un cuadro de Gauguin. Además, desde la galería se veía el mar. No se oía más sonido que algún canto ocasional de los pájaros.

El interior de la casa estaba amueblado con mucho estilo: mesas de caoba, sofás de damascos, suelos de madera... Rick le enseñó las habitaciones una por una hasta que llegó a una en la que las ventanas iban del suelo al techo, con vistas al mar.

–Me parece estupenda para el estudio de un artista –apuntó–. Si te trasladas aquí, tal vez retomes la pintura.

–Sí, y tal vez me convierta en el nuevo Picasso.

Él echó a reír. A ella le encantaba el sonido de esa risa, tan provocativo y seductor. Se imaginó viviendo en aquella casa, con qué frecuencia iría Rick a visitarla. Sólo con pensarlo despertó a todas las mariposas que hasta ese momento dormían en su estómago, causando un gran revuelo.

En la habitación principal había una cama enorme con cuatro postes y una mosquitera... el ambiente era muy tentador y prefirió salir de allí cuanto antes, pero Rick le tapaba el paso.

–¿Qué te parece? –preguntó–. ¿Te gusta?

–Lo raro sería lo contrario –fingió estar absorta en la contemplación del mar–. ¿Es tuya?

–Sí. Es la casita de la entrada. Yo vivo a unos quince minutos andando.

–Ya veo –el corazón le latía nervioso; él no estaría muy lejos para ir a visitarla.

–Como sé que eres muy independiente y no te gustan los cotilleos, pensé que si te quedas aquí, los dos conflictos quedan solucionados.

–¿Entonces yo sería tu amante secreta? –intentó hacer una broma, pero la voz le falló. Rick la agarró por el brazo y la obligó a mirarlo.

–Eso es si tú quieres –dijo serenamente mientras la miraba con tal intensidad que su temperatura corporal subió–. Yo preferiría que todo el mundo supiera que todas tus noches me pertenecen... que tú me perteneces.

Un escalofrío de deseo le agitó las entrañas. Él le miraba fijamente los labios y ella empezó a inclinarse hacia él como arrastrada por una fuerza invisible. Sus labios se encontraron con una urgencia que la hizo estremecer. Por un momento, la confusión se perdió en un torbellino de placer y pasión.

Ella sintió cómo sus manos se colaban bajo la camiseta para acariciarle los pechos y su cuerpo respondió a él en forma de deseo irrefrenable.

–Te deseo, Lucy –susurró, mientras ella ensordecía por los latidos de su corazón que le resonaban en los oídos–. Te deseo aquí y ahora...

El ruido de una puerta en algún punto de la casa rompió el hechizo de sensualidad y ella se apartó rápidamente de él, colocándose la camiseta con manos temblorosas.

–Hola, señor Connors –llamó una voz desde la sala–. Soy yo.

–Tranquila, Lucy. Es la señora Lawson, mi limpiadora. Le dije que viniera a preparar el lugar para cuando tú llegaras del crucero –Rick fue hacia la puerta–. Le diré que venga más tarde.

–¡No, Rick! –él se giró y la miró extrañado–. No quiero acostarme contigo aquí. Necesito más tiempo para pensar las cosas. Esto está yendo demasiado rápido.

–A mí me parece que va todo bien –dijo él, arrugando el labio–. Pero la paciencia nunca ha sido una de mis virtudes. Cuando tomo una decisión, no quiero esperar para ponerme manos a la obra.

–Pues ahora tendrás que esperar, Rick –dijo ella con firmeza y en sus ojos había un brillo de decisión–. Tú ya has tenido tiempo para pensar en todo esto, pero no yo. Y tal vez otras mujeres aceptaban tus planes con más rapidez, pero yo soy distinta.

–Eso ya lo sé, Lucy –le dijo con una amplia sonrisa y mirada divertida–. Me di cuenta en cuanto te vi.

–Bien –dijo con voz calmada y decidida–. Entonces sabrás que lo mejor que puedes hacer es darme espacio y tiempo para pensar en todo esto. De hecho, no creo que debas besarme o acercarte a mí hasta que no me haya decidido, porque sólo servirá para confundirme.

–¿En serio? –Rick estaba completamente serio ahora.

–Sí –lo miró decidida pero los dos sabían que si la tomaba en sus brazos y la besaba, toda su capacidad lógica se la llevaría el viento.

Al principio no respondió nada. Después inclinó la cabeza, para alivio de Lucy.

–De acuerdo. Jugaremos a tu manera... por ahora.

Capítulo 11

ESTABA atardeciendo y Lucy observaba desde cubierta las maniobras del barco, que estaba a punto de zarpar de puerto.

Había algunas personas en el muelle que agitaban las manos despidiéndose, y Lucy los correspondía. Después el barco tocó dos veces la sirena y se encaminó a mar abierto dejando atrás un rastro de espuma. Ella era la única persona en cubierta, probablemente porque el resto de pasajeros estarían preparándose para el cóctel con el capitán previo a la cena. No tenía ni idea de dónde estaba Rick; no lo había visto desde la llegada de los huéspedes.

Lucy estaba preparada desde muy temprano. Se puso un vestido negro de tirantes finos y se recogió el pelo en la parte trasera de la cabeza con una horquilla de cristales brillantes. Por eso estaba observando la bella caída de sol en Barbados mientras pensaba en aquel día y en Rick. Después de pasar por la casita, Rick la había llevado a su casa para recoger algunas cosas. Allí había admirado la decoración y su grandiosidad, y se dio cuenta de lo realmente rico que era Rick. Aquella casa tenía dos piscinas y multitud de habitaciones y terrazas, así que casi podía ser considerada un palacio.

Eso le hizo darse cuenta de lo diferente que era de Rick. Ella era una chica ordinaria con una carrera que a veces tenía que preocuparse de las facturas. Rick vivía en una mansión con trabajadores y estaba acostumbrado a tener siempre lo mejor. No se había dejado impresionar por el lujo, de hecho la casita de la entrada casi le gustaba más y ella preferiría no tener trabajadores en casa; tenía en muy alta estima su intimidad.

Barbados empezaba a desaparecer en la distancia y Lucy se preguntó cómo sería la vida en aquella isla. Vivir en una mansión con montones de dinero no le llamaba la atención, pero tener a Rick, dormir abrazada a él, eso sí que excitaba sus sentidos. Se imaginó en la terraza de la casita de la entrada, tomando una copa con él, y se imaginó llevándolo de la mano hasta la habitación.

Decidió no pensar en eso. De acuerdo, ya sabía que eran sexualmente compatibles, pero sabía que había cosas más importantes que ésa.

Después de pasar por casa de Rick, habían ido a las nuevas oficinas junto al muelle. Eran amplias y modernas, y a unos minutos a pie de la capital. Ella pensó que le gustaría trabajar allí y disfrutaría con el reto de echar a andar la empresa.

¿Entonces por qué dudaba en decirle que sí a Rick? Se preguntaba, confusa.

Lo deseaba tanto que cada vez que pensaba en él se le hacía un nudo en el estómago, y eso la asustaba. El motivo no lo sabía; tal vez fuera que tenía miedo a volver a sufrir.

Pero Rick no podía hacerle daño, se dijo a sí misma, no del modo en que lo hizo Kris, porque no lo amaba. Nunca jamás volvería a dejar que le arrebataran y le rompieran el corazón de ese modo.

La banda estaba preparándose para tocar. En poco tiempo todo el mundo estaría allí, y ella tendría que ir al lado de Rick para hacer las presentaciones. Estaba pensando en volver a su camarote para recoger su bolso y echar un último vistazo a la lista de invitados, cuando vio entrar a Rick en el bar.

Estaba estupendo con su traje oscuro, y a ella se le aceleró el pulso al verlo. De hecho, al principio estaba tan concentrada en él que no se dio cuenta de que una mujer lo acompañaba y lo agarraba por el brazo. Ella le dijo algo al oído y él echó a reír. Después le puso un dedo bajo la barbilla para que levantara la cabeza y mirarla a los ojos. Él gesto fue tan íntimo que Lucy se quedó helada. Formaban una pareja muy atractiva: ella llevaba un vestido largo rojo, y era alta y delgada, con el pelo rubio. Aunque estaba algo lejos, a Lucy le pareció que tenía un cuerpo de supermodelo.

Rick le dijo algo y fueron a sentarse a una mesa del bar. ¿Quién sería esa mujer? Estaba claro que se habían puesto de acuerdo para bajar juntos antes que los invitados...

Lucy frunció el ceño hasta que pensó que tal vez fuera Karina. Sabía que era su agente, y tenían a varios de ésos a bordo. Deseó poder bajar a comprobar la lista, pero Rick sólo le había dado los nombres de su lado de la empresa.

¿Y qué le importaba si era Karina o no? Él ya le había dicho que eran amigos y probablemente tuvieran muchas cosas que contarse.

Lucy llegó a su camarote y revisó su maquillaje. La parte negativa de ser la amante de Rick sería que nunca podría estar segura de él, se dijo. Siempre habría mujeres a su alrededor, esperando, acechando. Con su aspecto y su dinero, sería inevitable. ¿Podría vivir así? Sabía que Mel le diría que no se lo tomara en serio y que simplemente disfrutara de la vida, pero ella no quería estar con nadie más que con él, ni que él estuviera con otra. De hecho, no podía quitarse de la cabeza el que estuviera sólo con su ex, y al recordar cómo la miraba se dio cuenta: ¡estaba celosa!

¡Eso sí que era patético! No podía estar celosa; realmente, no le importaba nada. O sí... De hecho, él le importaba más de lo que le había importado nadie nunca. Estaba enamorada de Rick Connors.

Al darse cuenta de la verdad, sintió una punzada de dolor muy aguda en el corazón, y se quedó completamente helada. No podía ser verdad, apenas lo conocía, se decía a sí misma. Y ni siquiera podía confiar en él puesto que le había mentido en cuanto a su identidad. Entonces, desesperada, buscó motivos para no querer una relación con él: probablemente fuera un mujeriego, tenía demasiado dinero y seguramente fuera demasiado ambicioso en los negocios... pero... por más excusas que buscara, su corazón ya había tomado una decisión. Había elegido a Rick.

Nunca había sentido nada tan fuerte por un hombre, ni siquiera por Kris, ¡y mira cuánto daño había conseguido hacerle! No quería ni pensar en lo que podía llegar a hacerle pasar Rick.

Lucy se empezó a sentir mareada y asustada. Después de todo lo que había dicho de no mezclarse con nadie nunca más, había ido a elegir a un rompecorazones y le había servido sus emociones en bandeja.

Pero aún no era tarde. Tal vez aún pudiera dar marcha atrás, porque ya no podría ser su amante sabiendo lo que sabia. La destrozaría emocionalmente.

Superaría aquello. Ella era fuerte y lo probaría dándole a Rick su decisión aquella misma tarde. Y también dejaría su trabajo; no podía arriesgase a estar cerca de él.

Agarró su bolso y al salir casi se da de bruces con Rick, que venía por el otro lado.

–¿Dónde vas con tanta prisa? –dijo, poniéndole una mano en el hombro para estabilizarla.

–Yo... no quería llegar tarde –dio un paso atrás para evitar las pequeñas descargas que le producía el contacto con su mano.

–No te preocupes, hay tiempo de sobra –le sonrió y su sonrisa la dejó temblando.

¿Cómo podía haber sido tan ciega? Se había enamorado de él casi el primer día que se miraron y ahora ya era demasiado tarde. ¿Cómo iba a poder acabar con aquello sintiendo lo que sentía? ¿Cómo iba a decirle que no lo quería volver a ver? Sólo con pensarlo sentía como si le clavaran una puñalada en el corazón. En un momento, todas sus precauciones quedaron pendientes de un hilo.

–Tenemos unos cuantos minutos aún –dijo él.

¿Para qué? Se preguntó ella, sintiendo cómo le subía la temperatura al ver cómo la miraba.

–Me gusta cómo te queda el pelo así. Te da un aire sofisticado.

–Me alegro de haber pasado el test –dijo ella.

–Oh, claro que lo has pasado –rió él–, lo pasaste hace mucho. Pero falta una cosa...

–¿Qué es?

Buscó en su chaqueta y sacó un fino estuchito marrón.

–Es una cosita que te he traído de Nueva York –ella se inclinó para verlo, pero él no la dejó–. Es un collar. Date la vuelta y te lo pondré.

–No deberías comprarme cosas –dijo ella, sorprendidísima.

–¿Por qué no te iba a comprar algo si quiero? –dijo cerrando el broche–. Déjame verte.

Ella se giró y vio cómo él la observaba admirado.

—Es el toque perfecto.

Debería decirle que no podía aceptar el regalo, que la aventura se había terminado; las palabras le quemaban en la garganta, pero no podía decirlas. Fue hacia un espejo para verse en él. El collar era precioso, de plata con tentáculos en forma de serpiente girando en torno a una cadena de filigrana.

—Es precioso, Rick, y es muy original, pero no deberías...

—Deja de decir eso, me basta con que te guste. Lo vi mientras caminaba por la Quinta Avenida y pensé que te quedaría muy bien —sonrió—. Es una edición limitada, una copia del collar de una princesa azteca que lo recibió de su amante. Tiene un mensaje secreto.

—¿Qué mensaje?

—Tal vez deba susurrártelo en alguna cita —dijo sonriendo y acariciándole el cuello a la altura del collar.

Lucy deseaba avanzar, decírselo ya, pero no podía acabar aquello. Simplemente, no podía.

Al mirarla, Rick vio las sombras que cubrían sus ojos. Era evidente que estaba sufriendo. Su ex marido le había roto el corazón de verdad, y a veces sus preciosos ojos verdes se llenaban de preocupación de tal modo, que Rick deseaba romperle la nariz de un puñetazo a Kris.

—Lucy, no voy a apresurar las cosas, así que no tienes que preocuparte

—Ya lo sé —dijo ella, sintiendo que su resistencia se fundía como nieve al sol.

—Bien —le sonrió—. Entonces deberíamos ir a ver a nuestros invitados. ¿Has echado un vistazo a la lista que te pasé?

El cambio de tono la confundió.

—Sí, la miré esta tarde.

–Pues manos a la obra –y salieron juntos de la habitación.

El capitán y algunos oficiales estaban en la sala del cóctel. Rick se lo presentó a Lucy y éste le contó que llegarían a Grenada, la Isla de las Especias, a las seis y media de la mañana siguiente.

El ambiente era muy cordial y Lucy se pasó toda la velada concentrada en saludar a todos los invitados y decir las palabras adecuadas en cada caso. Casi estuvo a punto de olvidar que se había enamorado del hombre que no debía y de convencerse de que las emociones que había creído sentir, eran una ilusión.

–Hola, Karina –dijo él, tomándola del brazo y dándole dos besos en las mejillas con total confianza..

–Hola otra vez –dijo ella, sonriendo con sinceridad.

De repente, todos esos celos volvieron a hacerse una pelota en su estómago.

–Lucy, me gustaría presentarte a Karina Stockwell. Ella es mi mano derecha en el día a día en la gestión de algunos negocios. También es una buena amiga.

Lucy le sonrió y le dio la mano. Era ridículo tener celos de ella, y además era un sentimiento destructivo en el cual no quería caer. Además, la relación entre Karina y Rick ya se había acabado, y ella estaba casada de nuevo.

–Rick me ha hablado de ti –dijo ella, muy animada–. Creo que espera que te pongas al frente de las nuevas oficinas de Barbados.

–Eso es –. Pero el hecho de que Rick hubiera estado hablando de ella hacía que se sintiera incómoda. ¿Qué habrían estado diciendo?

Lucy tomó una bebida de la bandeja que pasó el camarero junto a ellos y buscó a Rick con la mirada, pero estaba hablando con otra persona.

—¿Entonces vas a aceptar el trabajo? —preguntó Karina.

—Aún no me he decidido —respondió ella.

—Bueno, trabajar con Rick es una delicia, aunque es empresario hasta la médula...

—Ya lo había notado.

—Te deseo buena suerte.

¿Qué quería decir con eso? ¿Acaso la necesitaría? Pero ya no pudo preguntarle porque los invitados empezaron a pasar al salón de baile y de allí al comedor.

La comida estaba deliciosa, pero a Lucy le hubiera gustado estar sola bajo las estrellas con él, como la noche anterior, sólo que esta vez no perderían el tiempo hablando de su ex marido.

En la cena, Lucy se sentó entre Karina y el doctor del barco, y la conversación fluyó sin problemas. Rick estuvo muy divertido.

Guapo, divertido, inteligente... la lista era interminable, pensó mientras lo miraba desde la otra punta de la mesa, y aun así tendría que rechazarlo porque podía acabar muy dañada, igual que Karina Stockwell.

Todos se daban cuenta de que Karina no se había traído a su marido al viaje, a pesar de que la mayoría de los invitados lo habían hecho, y Lucy se preguntó si seguiría sintiendo algo por Rick. Desde luego, no dejaba de mirarlo y lo miraba a los ojos intensamente cada vez que él se dirigía a ella.

—Lucy, antes de que se me olvide —le dijo John Layton, interrumpiendo sus pensamientos—. Kris me ha pedido que te dé un mensaje.

—¿Sí? —lo miró sorprendida.

—Quiere que lo llames.

—¿Dijo por qué motivo? —preguntó, frunciendo el ceño.

—No, sólo que era urgente.

—Qué raro —Lucy sacudió la cabeza—. Pero conociendo lo teatrero que es Kris, probablemente no sea nada.

—Tal vez quiera que le busques un trabajo aquí, en Barbados —sugirió John sonriendo.

—No creo, pero no pongo la mano en el fuego. Lo llamaré cuando vuelva a Barbados.

—Buena idea —dijo John—, y sea lo que sea, ve con cuidado con él. No quiero que vuelvas a pasarlo mal.

—No te preocupes, John —dijo, emocionada por la sinceridad de su advertencia—, no sucederá.

Lucy miró al otro lado de la mesa y vio a Karina flirtear sin pudor con Rick, riéndose de un incidente que ocurrió en la oficina tiempo atrás. Apartó la vista y pretendió no haber visto nada, pero no pudo evitar recordar una cena de Navidad en la oficina en la que Kris, sentado frente a ella, había flirteado como loco con una recepcionista suplente. Entonces ella no lo había dado importancia, porque era una cena de Navidad y Kris había bebido demasiado.

Unas horas después, había oído una conversación en el lavabo de señoras que le descubrió lo que toda la oficina sabía menos ella. El recuerdo de la humillación aún lo llevaba dentro.

Lucy cerró los ojos un momento. ¿Por qué pensaba en eso? Era el pasado y debía olvidarse. Al levantar la vista, vio que Rick la estaba mirando. Sus ojos se encontraron, él sonrió y todo a su alrededor desapareció: estaban solos, mirándose.

Lucy podía sentir los latidos de su corazón batiendo contra sus costillas doloridas, pero no sabía qué sentía él. Primero creía poder confiar en él plenamente, y al segundo siguiente no sabía hasta qué punto estaba siendo inocente: él sólo le había pedido que fuera su amante, nada más.

La cena estaba acabando. Lucy no quiso tomar café y vio la oportunidad de escapar. Mientras la mayoría de la gente entraba para escuchar un concierto, Lucy salió a la cubierta a tomar un poco de aire fresco para aclararse las ideas.

La noche era cálida y agradable, y la luna se reflejaba sobre el mar en calma.

–Aquí estás –dijo Rick de repente detrás de ella–. ¿Qué estás haciendo aquí?

–Admirar el paisaje y tomar aire fresco.

–Hace más calor aquí que dentro.

–Sí, hay que acostumbrarse, pero es bonito, ¿verdad?

–Sí que lo es –dijo, apoyándose en la barandilla con ella.

–Cuando uno vive mucho tiempo en la ciudad, se olvida de lo bonito que es el cielo por la noche –murmuró Lucy mirando los millones de estrellas.

–Aquí se ven mejor, es cierto.

El olor de su colonia, cálido y provocativo, empezó a turbarle los sentidos a Lucy, que se permitió apoyar la cabeza sobre su hombro.

–¿Crees que son las estrellas las que dictan nuestros destinos? –preguntó ella de repente.

–Yo creo que nosotros controlamos nuestros destinos –rió él.

–Ésas son las palabras de un hombre arrogante –dijo ella, y sonrió–. Yo creo que hay un poder superior que nos controla a todos.

–Tal vez sí.

–¿Qué signo del zodiaco eres?

–Leo

–Típico.

–¿Qué quieres decir con eso? –preguntó él, divertido.

–Mandón, le gusta controlarlo todo.

–¿En serio? ¿Y tú qué signo eres?

–Libra.

–Déjame adivinar. Terca. Te gusta hacer cosas que irritan a los demás.

–Pues no. Los libras somos equilibrados y nos gusta valorar las cosas adecuadamente.

–Eso sí lo he notado –Rick se giró para mirarla a ella y no a las estrellas–. Pero dime: ¿qué tal se llevan los leo y los libra?

–No estoy segura –empezó a ponerse nerviosa–. Creo que depende del alineamiento de los planetas en el momento del nacimiento. Seguro que tú naciste cuando pasaba una estrella fugaz.

–Me gusta viajar, así que a lo mejor tienes razón –y le preguntó muy serio–. ¿Y tú, eres un ave viajera o te gusta quedarte en casa?

–Depende de con quién esté. Creo que la gente es más importante que los lugares.

–¿Y echarías de menos a tus amigos si vinieras a Barbados?

–Supongo que sí.

–¿Y a tu ex marido?

Lucy frunció el ceño.

–¿Por qué sigues preguntándome lo mismo?

–Porque sé que piensas mucho en él. Has pensado en él esta noche, ¿verdad?

–Sí, pero sólo porque John Layton me recordó su nombre –dijo a la defensiva.

–Sí, ya lo oí.

–¿En serio? Pensaba que estabas muy ocupado con Karina para oír lo que hablábamos John y yo –en cuanto acabó la frase supo que tenía que haberse mordido la lengua.

—¿Ocupado con Karina? —Rick pareció sorprendido y divertido—. ¿Estás celosa?

—Claro que no. Tú puedes flirtear con quien quieras —se apartó de él, enfadada con él y con ella misma también.

—No estaba flirteando con ella. Karina es una amiga.

—Bien, a mí no me importa, pero parece que aún te quiere.

—Y yo la quiero a ella también.

—Es estupendo cuando una relación acaba de forma civilizada.

—Kris y tú también parecéis llevaros bien.

—Es sólo la apariencia que mantenemos en el trabajo. Cuando nos divorciamos, estuve a punto de tirar toda sus ropa por la ventana y hacer que John Layton lo expulsara de la oficina. No lo hice, sólo lo pensé, pero uno no se siente bien consigo mismo. Los pensamientos terribles pueden destruirte.

—Es lo que casi ha destruido a mi padre —dijo Rick amargamente—. Albergó mucho rencor durante varios años después de su divorcio.

—Me alegro de que superara el bache.

—¿Entonces no quieres que eche a Kris? —sonrió Rick.

—No —respondió ella, sin saber si bromeaba o no—. Pero gracias por la oferta.

—¿Vas a llamarlo por teléfono?

—En algún momento, cuando volvamos a Barbados.

—Creo que quiere que vuelvas.

—¿A Londres?

—A su vida.

El comentario hizo que ella se echara a reír.

—Debes estar de broma. Él es más feliz con Sandra de lo que lo fue conmigo.

—¿Y entonces, tú y yo...? ¿Vas a querer probar?

El cambio de dirección de la conversación la pilló por sorpresa.

—Creía que no me ibas a apresurar —dijo ella.

—No creo haberlo hecho —dijo, apretando los labios—, pero como te dije, no soy el más paciente de los hombres. Y quiero que vuelvas a mi cama —por el modo en que lo dijo, Lucy sintió que su cuerpo acababa de estallar en llamas.

Tal vez debiera olvidarse de las precauciones, pensó Lucy mirándolo a los ojos. Lo deseaba tanto que el mayor dolor que se podía provocar sería abandonarlo en aquel momento.

—Rick, yo...

John Layton y su mujer los interrumpieron en ese momento.

—Qué bonito, ¿verdad? —dijo John con una sonrisa.

—Sí... —asintió ella, sin saber si agradecía la interrupción o no, porque había estado a punto de decirle que sí a Rick.

—Ahora que John se va a retirar, voy a pedirle que me lleve de Crucero—declaró su esposa—. Es tan romántico...

—Bueno, ya os dejamos en paz —dijo John, llevándose a su mujer.

—John, ¿te vas a retirar? —preguntó Lucy sorprendida.

—Nada es para siempre —dijo él encogiéndose de hombros—. Y ya era hora de cambiar.

Cuando la pareja se marchó, Lucy se volvió hacia Rick.

—No sabía que John se fuera a retirar. ¿Lo has forzado a marcharse?

–¿Por qué dices eso? –preguntó él, con la vez tensa.

–No parecía contento por marcharse... ¡No puedes estar haciendo esto! –sintió que le ardían las venas de rabia–. ¿Cómo puedes? ¡Es un hombre muy decente!

–Eso no voy a discutirlo –dijo él.

–¡Pero lo has echado de la compañía!

–Yo no me he librado de él –añadió él con calma–. Y saltas con demasiada rapidez a conclusiones equivocadas. Lo has hecho en varias ocasiones; es como si te sintieras más segura pensando mal de mí.

Lucy se tragó el pánico que empezaba a aflorar por su garganta. Tenía razón en algo.

–Si he saltado a una conclusión equivocada, lo siento –murmuró.

–¿Y entonces por qué lo haces? ¿Por qué levantas estas barreras cuando tocamos un tema emocional?

–Yo no hago eso.

–Sí que lo haces.

–Bueno, tal vez me sienta más segura de ese modo. Así no me sentiré decepcionada más tarde si me abandonan.

–Realmente te hizo mucho daño –dijo, mirándola fijamente.

–¿Quién? –después sacudió la cabeza–. Esto no tiene nada que ver con mi ex marido.

–Todo es por él –replicó él, gruñón–. No me dices que sí por lo que te pasó con él.

–No es así.

–Lucy, nuestra relación no tiene por qué ser como la tuya con Kris.

–Eso ya lo sé. Yo me casé con él y prometí amarlo, serle fiel... para toda la vida... esas cosas –le tembló la voz–. Y yo me lo tomé en serio.

–Lo sé –Rick se acercó–. Y sé cuánto daño te hizo,

pero tienes que volver a confiar en la gente. No todos los hombres son como él.

–Lo sé –dijo ella después de pensar un rato en sus palabras–. Y siento haber sacado conclusiones equivocadas con respecto a John.

–Debes sentirlo. Ha decidido retirarse porque quiere jugar al golf y pasar más tiempo con sus nietos.

–Ha sido porque no me lo esperaba...

–¿Entonces nos besamos para hacer las paces o también va contra las reglas? –preguntó Rick con una enorme sonrisa.

–Tal vez algunas reglas estén para romperlas –dijo ella con voz temblorosa.

Rick sonrió y besó con suavidad sus labios. Fue el beso más dulce y ella lo abrazó por el cuello, contenta de sentir su cuerpo cerca de nuevo. Después el beso se hizo más profundo y encendió sus sentidos. Nadie la había excitado tanto con un beso.

Ella lo amaba tanto... lo amaba demasiado...

De repente, se apartó.

–Deberíamos ir dentro.

–Justo lo que yo estaba pensando –dijo él, con una enorme sonrisa.

–No, me refiero con los invitados.

–Ellos pueden esperar, y además, la mitad está escuchando un concierto.

–Pero la otra mitad no. Y ese beso ha sido sólo por hacer las paces; mis viejas normas siguen en pie.

–Creía que las normas estaban para romperse.

–Eso es sólo en los momentos de debilidad.

–¿Sabes? Creo que contigo me he encontrado a mi igual –dijo sonriendo.

–Eso creo yo también –lo tomó de la mano–. Vamos dentro.

–De acuerdo, pero quiero que vuelvas a mi cama, Lucy. Mi paciencia tiene un límite.

Lucy sonrió. Iba a necesitar de todo su autocontrol para mantenerlo alejado, pero sentía que tenía que ir despacio.

Siguieron el sonido de la música para guiarse hacia las salas. Karina, que estaba con un grupo de personas, fue hacia ellos en cuanto vio a Rick.

–Antes de que se me olvide, tenemos que hablar de algunos asuntos de tu padre antes de que vuelva a Londres el lunes que viene.

–Bien, pero tendrá que esperar hasta mañana por la tarde. Tengo una agenda muy apretada.

–De acuerdo.

La banda estaba tocando una balada.

–¿Te apetece bailar, Lucy? –dijo, sonriéndole, y ella asintió con la cabeza.

Donde mejor se sentía era en los brazos de Rick, pensó ella mientras bailaban. El leve contacto de su mano en su espalda le hacía temblar de necesidad.

–¿Sabes en qué estoy pensando en este momento? –le susurró Rick al oído.

–¿En el cierre del año fiscal?

Él echo a reír.

–En eso debería estar pensando –y la atrajo más cerca de sí–. Pero ahora se me estaban ocurriendo algunas cosas que podría hacerte en la cama.

–Es usted un bromista, señor Connors.

–Soy un hombre con apetito, señorita Blake.

La música acabó de repente y Lucy se apartó de él, y después fueron juntos hacia el bar, donde la gente enseguida les hicieron hueco en sus conversaciones.

Al cabo de un rato, con el zumbido de la charla y el olor a alcohol, Lucy empezó a sentirse mal.

–Lucy, te has puesto muy pálida –le dijo Rick.

–Estoy bien, sólo un poco cansada. Creo que me iré a acostar.

Rick asintió y le dio un beso en la mejilla. Después la observó mientras salía de la sala, necesitando de todo su autocontrol para no seguirla. Y no lo hizo porque sentía que si no iba despacio, la perdería.

Capítulo 12

LUCY, tendida sobre la cama, notaba el movimiento del barco acunándola. Cerró los ojos y pensó en aquel día.

Una parte de ella desearía haber invitado a Rick a su cama, pero sabía que lo correcto era ir despacio. Estaba de acuerdo en que ya era hora de volver a confiar en la gente, pero ya había cometido un error en el pasado al creer que conocía a Kris. Si no aprendía del pasado, no tendría futuro, y no estaba dispuesta a que un hombre volviera a tomarle el pelo.

Se sentía extrañamente cansada, pensó, rodando sobre un costado. También era extraña la sensación de mareo que sentía, pero debía ser por el movimiento del barco. Cerró los ojos y cayó en un profundo sueño.

Se despertó varias horas más tarde. La habitación estaba aún a oscuras y por la ventana se veía la luna reflejada en el mar. Sitió sed. Se puso una bata y se dirigió al mini bar para tomar un vaso de agua.

Cuando volvía hacia su cama, vio que la puerta del camarote de Rick estaba entreabierta y que había luz en ella. Con el movimiento del barco, la puerta se abrió más y pudo ver la cama, vacía y sin deshacer.

Lucy frunció el ceño y miró el reloj. Eran las dos y media, pero a lo mejor en un crucero eso no era tarde. Seguro que estaba en el casino o hablando con amigos en el bar.

Al volver a la cama, la angustiosa sensación volvió de nuevo. Era muy extraño; ella nunca había sufrido de mareos en ningún medio de transporte. Se acostó.

Al despertar, lo primero que vio fue un sol resplandeciente colándose por la ventana. En el horizonte se divisaba una isla con verdes colinas y una costa ribeteada de palmeras y playas blancas. Le pareció tan hermoso que se quedó un rato admirando el paisaje.

Se sentía bien, así que lo de la noche anterior debió ser producto del cansancio. Se puso la bata y se dirigió a la ducha. Fue justo al llegar al baño cuando volvió a sentir las náuseas, sin avisar. Esta vez fue tan fuerte que tuvo que correr para llegar a tiempo, cerrando la puerta tras ella.

¿Qué demonios le ocurría? Como la mañana anterior, la sensación tardó un rato en desaparecer, pero una vez lo hizo, se sintió perfectamente bien.

Se duchó y se puso un vestido azul muy veraniego y estiloso. Tras peinarse y maquillarse, su aspecto era radiante, y casi sentía hambre, así que lo que le ocurría no podía ser muy serio.

Al pasar a la sala la sorprendió ver que el balcón estaba abierto y Rick estaba sentado allí tomando una taza de café.

—Buenos días —dijo, levantándose al verla—. ¿Qué tal has dormido?

—Muy bien, gracias —ella sonrió tímidamente al recordar parte de la conversación que habían mantenido la noche anterior y el modo en que él la había abrazado en la pista de baile. Se sentó frente a él y echó un vistazo al menú—. ¿Y tú?

—Bueno, algo he dormido —ella vio un brillo divertido en sus ojos—. Tenía un gorro de noche en cubierta, y fue de gran ayuda.

–¿Cuál es el plan para hoy? –preguntó Lucy, pensando que sería más seguro centrarse en el trabajo.

–Estamos llegando a Grenada, así que desembarcaremos pronto…

–Sí, pero no te olvides que tenemos la entrevista con los periodistas a los que has invitado a las… –buscó la agenda en su bolso–. A la una y media. Después tenemos que ver a James Donaldson para discutir el plan de márketing del equipo de Miami.

–¿Qué haría yo sin ti? –sonrió Rick–. Eres la eficiencia personificada.

–Por eso me has traído –dijo ella bajando la voz, pero después se lo pensó mejor–. ¿Me estás tomando el pelo?

–No, lo decía completamente en serio –dijo él con una carcajada–, pero tengo que confesar que tu eficiencia no es el único motivo por el que te quería aquí.

Su tono seductor hizo que Lucy se sintiera de repente muy acalorada, pero no quería darle el placer de verla sonrojarse, así que volvió a su agenda.

–Ah, y tenemos también la presentación para los jefes del equipo de ventas de Miami a las doce.

–Presentación a las doce –repitió él, muy serio, al cabo de unos segundos de silencio, pero con una chispa de humor en los ojos.

Podía ser bastante irritante, pero también extremadamente atractivo. Llevaba una camisa caqui de manga corta y unos pantalones de un tejido ligero, así que ella no podía evitar ver sus bien definidos músculos y sus perfectas proporciones. Decidió apartar la vista de él y concentrarse en el menú del desayuno.

–Tomaré pomelo, tostadas con crema de queso y salmón ahumado y zumo de naranja. ¿Y podría traerme también un vaso de agua? Gracias –pidió cuando llegó la camarera. Rick la miraba asombrado.

–Pareces tener hambre, sobre todo teniendo en cuenta que no sueles desayunar.

–Pues sí que es extraño, la verdad –dijo ella, que también estaba algo sorprendida–. Además, esta mañana estaba un poco mareada por el barco.

–¿Mareada? –sonrió él–. El mar está como una balsa de aceite y los estabilizadores de este barco pueden hacer que no se note una tormenta de fuerza diez.

–Tal vez sea especialmente sensible.

–Debe ser eso.

–Bien –Lucy sacó la agenda de nuevo porque no quería que él la considerara una debilucha–. Como te estaba diciendo, tenemos un día muy ajetreado.

–Ya lo sé –dijo Rick, alargando la mano hacia la cafetera–. ¿Te apetece un café?

Lucy sacudió la cabeza ante el rechazo instantáneo de su estómago al pensar en café.

–Me preguntaba si deberíamos hacerle un regalo de despedida a John Layton. Debería ser una fecha memorable.

–Buena idea, pero deberíamos hacerlo en Londres, con el resto del personal. Se marcha del barco mañana por la mañana, porque su mujer y él se van a quedar una semana en Antigua.

La camarera le trajo el desayuno y se quedaron en silencio un instante.

–¿Qué podríamos hacer? –preguntó Rick cuando se quedaron solos de nuevo.

–Tal vez un reloj, aunque no es un regalo muy original.

–No estoy hablando de John Layton, sino de nosotros.

–¡Oh! –lo miró sorprendida y al encontrarse con sus ojos sintió una descarga de adrenalina recorriéndole el cuerpo. Sería fácil decir que sí quería quedarse en Barbados, que la llevara a la cama… eso era lo que deseaba, pero su lado razonable le decía que no se apresurara y que fuera con cuidado.

–No lo sé, Rick –murmuró–. Necesito más tiempo.

–Creía que con consultarlo con la almohada sería suficiente.

Lucy sacudió la cabeza y para cambiar de tema, volvió la vista al mar.

–¿Esa isla es Grenada?

–Sí. Si cierras los ojos y tomas aire podrás oler las especias desde aquí.

Lucy obedeció. Podía sentir la sal, y también un delicado toque más aromático.

–Nuez moscada y canela –aventuró.

Rick la miró; el sol se reflejaba en su pelo. Estaba preciosa.

–Lucy, yo…

–Oh, antes de que se me olvide –lo interrumpió–. Tienes dos reuniones con un tal Brian David.

–Lucy, vamos a olvidarnos del trabajo por un momento, ¿de acuerdo?

–Será mejor que no, Rick –respondió ella, con firmeza–. Hoy es lunes, y en lo que a mí respecta, es un día de trabajo.

Rick no parecía contento y ella se dio cuenta de que le gustaban las cosas a su manera. Le gustaba marcar el ritmo, pero, le gustase o no, en aquello iba a ser ella quien lo hiciera.

En ese momento llamaron a la puerta y entró Karina. Estaba muy atractiva con su minifalda y camiseta blanca. Parecía recién salida de un partido de tenis.

–Buenos días –saludó sonriente.

–Siéntate con nosotros –pidió Rick, ofreciéndole una silla.

–¿Te has recuperado ya? –le dijo a Rick.

–¿Recuperarse de qué? –preguntó Lucy.

–¿No te lo ha contado? Anoche estuvo en cubierta bebiendo conmigo –rió Karina.

–Sólo fue una copa –apuntó Rick–. Y por lo que recuerdo, fuiste tú quien se ocupó del resto del champán.

–Sí, tengo que admitir que me duele un poco la cabeza y me vendrían bien unas gafas de sol. ¿Me dejas las tuyas, Rick?

–Creo que tengo unas de sobra –dijo Lucy, levantándose–. Voy a buscarlas.

Cuando volvió, Karina tenía los codos apoyados sobre la mesa en actitud claramente de flirteo. Lucy se sentó y le pasó las gafas.

–Gracias, Lucy –dijo con una sonrisa–. Bueno, me marcho. Te veré luego, Rick.

–Creía que se iba a quedar a tomar un café –dijo Lucy cuando se hubo marchado.

–Va a hacer una excursión alrededor de la isla y creo que sale a las nueve y media.

–Creo que yo también me marcharé –dijo con sequedad. No quería pensar en Karina Stockwell. Tal vez aún le gustase Rick, pero la relación había terminado y ella estaba casada–. Tengo que empezar a revisar los papeles de tu despacho.

Rick le tomó la mano cuando ella se levantó.

–¿Qué te parece cenar juntos en Grenada esta noche? –preguntó él en voz queda–. Conozco un restaurante muy agradable con una vista preciosa de la bahía.

–Suena estupendo –aceptó Lucy al cabo de unos segundos de silencio.

Lucy se pasó el día trabajando. Habló con los periodistas y se ocupó de que todo fuera sobre ruedas en las entrevistas de Rick. Por la tarde, subió a cubierta para comprobar cómo se estaban desarrollando las actividades.

La banda de música tocaba junto a la piscina y había algunas personas tomando el sol en las tumbonas. La atmósfera era muy relajada y hacía mucho calor.

—Creo que ya has trabajado suficiente hoy —dijo Rick, apareciendo de repente—. Cuando dije que quería que me ayudaras, no me refería a que trabajaras tanto. No has parado en todo el día.

—Estoy bien.

—Tómate un descanso —dijo Rick con firmeza—. Puedes darte un baño en la piscina.

—Tal vez lo haga —dijo ella, mirando el agua, que resultaba muy apetecible.

Él alargó la mano y le acarició la mejilla, y lo tierno del gesto hizo que le diera un vuelco el corazón.

Lucy se recostó en la tumbona y cerró los ojos. El amor era una sensación muy extraña; unos gestos aparentemente pequeños podían producir reacciones tan intensas...

—Hola, Lucy —abrió los ojos y vio a Karina.

—Hola, ¿qué tal la resaca?

—Mucho mejor. Te he traído las gafas —Karina tomó asiento y llamó a un camarero que pasaba junto a ellas—. ¿Te apetece tomar algo?

—Sí, un zumo de naranja.

—Muy virtuosa —sonrió Karina—. Yo tomaré un vodka con tónica —le dijo al camarero.

—Es una pena que tu pareja no haya podido venir contigo —dijo Lucy sin darle importancia—. ¿Tenía que trabajar?

—Sí. Siempre está trabajando —Karina se encogió de hombros.

Lucy se preguntó si habría metido la pata, así que cambió de tema.

—¿Qué tal la visita a la isla?

—Ha estado interesante —respondió ella.

El camarero les trajo las bebidas. Lucy buscó algo más que decir, pero sin suerte.

—¿Qué tiene que hacer Rick esta tarde?

—Tiene una reunión con James Donaldson —respondió Lucy.

—Ah, es verdad. Eres una persona muy capaz, Lucy —y después añadió casi con amargura—. Eso dice de ti todo el mundo.

—¿En serio? Bueno, lo cierto es que disfruto con mi trabajo.

—Sí, y eso te hace el tipo de mujer que le gusta a Rick. A él le gustan las mujeres inteligentes y bellas que son un valor añadido para su empresa.

—Me lo tomaré como un cumplido, Karina, gracias.

Karina asintió y se levantó.

—Sólo ten cuidado y no te emociones demasiado —dijo suavemente—. Créeme, ir en serio con Rick es un gran error. Es entonces cuando él corta todas sus ataduras.

Lucy se incorporó y la miró.

—Gracias por el consejo, pero no creo que lo vaya a necesitar.

—No, claro que no. Bueno, te veré más tarde.

A Lucy le ardía la sangre en las venas. ¿Cómo se atrevía a decirle eso? ¿Qué sabía de su relación con Rick? Tal vez fuera distinto con ella de lo que lo había sido con Karina.

Y tal vez se estaba engañando a sí misma, pensó sin querer.

Se puso en pie. Ya no le apetecía darse un baño, así que tomó su zumo y se marchó a su camarote.

Dentro se estaba muy bien. Lucy ordenó algunos papeles más mientras se tomaba el zumo. La ayudaba tener la mente ocupada. No quería pensar en las palabras de Karina: eran demasiado intranquilizadoras, especialmente porque en el fondo sabía que probablemente fueran ciertas.

Enamorarse de Rick era un error y podía acabar herida. Pero, por otro lado, tal vez funcionara. Si no probaba, se pasaría la vida preguntándose lo que podía haber sido.

El sonido del teléfono en su camarote la sacó de su ensimismamiento. Casi esperaba que fuera Rick preguntando por qué no estaba tomando el sol en la piscina, pero en su lugar lo que oyó fue la alegre voz de Mel.

–Hola. He pensado llamarte desde el frío y húmedo Londres para saber cómo te iban las cosas.

–Todo va bien –dijo ella tumbándose en la cama–. Qué bien que hayas llamado.

–¿En serio? Eso es que las cosas no van tan bien como dices. Escucha, no puedo hablar mucho porque me arruinaría, pero quiero contarte un cotilleo que ronda por la oficina.

–¿Qué ha pasado? –preguntó Lucy, curiosa.

–Kris y su novia se han separado.

–¿Se han separado? –Lucy estaba asombrada–. ¡Pero van a tener un niño, Mel!

–No, Sandra va a tener un niño, pero no es de Kris.

Por un momento Lucy se quedó sin habla.

–Pobre Kris –dijo por fin.

–Le está bien empleado –espetó Mel.

Lucy sacudió la cabeza. Lo extraño era que sintiera lástima por él con lo que le había molestado el asunto del bebé. Se preguntó si por fin habría pasado la página de su pasado.

–Bueno, tenía que decírtelo –continuó Mel–. Tengo

que dejarte. Espero que tú tengas una temperatura más alta que aquí.

—Desde luego, hace calor.

—Me alegro, pero espero que sea algo más que temperatura atmosférica. Recuerda que eres joven, libre y soltera. ¡Diviértete!

Lucy aún sonreía al colgar el teléfono. Mel era como una bocanada de aire fresco. Y además tenía razón. La vida era para vivirla y tendría que probar con Rick. Le diría que sí esa noche.

La puerta del camarote se abrió en ese momento y Rick entró.

—Hola, no esperaba verte aquí.

—He venido a acabar con el papeleo y a prepararme para esta noche.

Al ver que aún tenía el teléfono en la mano, preguntó:

—¿Has llamado a alguien?

—No —respondió ella.

—Bien —murmuró él—. ¿Has visto el expediente que he marcado para enviar a Miami?

—Está en el tercer cajón —dijo, y le vio abrirlo y sacar los papeles.

—Gracias. ¿Qué haría yo sin ti? —sonrió—. Te veré luego. Tengo que volver enseguida, me están esperando.

Lucy asintió. Cuando él se marchó, intentó continuar con el trabajo.

«¿Qué haría yo sin ti?» Era la segunda vez del día que Rick le decía la misma frase, pero lo cierto era que se las podía apañar muy bien solo. Rick no necesitaba a nadie.

Entones, pensó, tendría que hacerse indispensable. Y hacer que se enamorara de ella.

Su mente empezó a girar en torno a Rick y a su relación. Mientras apuntaba un par de citas en su agenda, una estrella roja llamó su atención. Normalmente marcaba el primer día de su periodo con una estrella roja en su agenda. La última estrella estaba en el cinco de enero. Lucy miró a la agenda nerviosa y empezó a hacer cuentas.

Capítulo 13

LUCY observaba la progresión de una polilla hacia la llama de la vela y se identificó con ella: al principio llena de decisión, para después abandonar, y vuelta a empezar.

–¿Quieres un poco de coñac en el café? –preguntó Rick. Ella lo miró distraída.

Estaban en un restaurante en medio de la selva de Grenada, en el sitio más romántico en el que Lucy había estado en su vida. Desde las ventanas sin cristales se veía la bahía de St. George. Al caer la noche se veían las luces de la costa reflejadas en el agua y el Condesa flotando en el mar como un barquito de juguete.

Pero Lucy era incapaz de disfrutar de todo aquello, ni las vistas ni la fabulosa comida, ni a su atractivo compañero de mesa. Estaba demasiado ocupada intentando no pensar en lo que le provocaba mareos y náuseas.

–No, tomaré el café solo, gracias –respondió con una sonrisa.

¿Estaba embarazada? Su mente volvió por enésima vez a la noche que pasaron juntos en Londres. Habían tomado precauciones, así que ¡era imposible! Pero después había ocurrido un accidente. No le había dado importancia en el momento, pero lo cierto es que con un descuido, es suficiente.

Lucy intentó creer que su mente le jugaba una mala

pasada. Era cierto que tenía un retraso en el periodo, un retraso muy prolongado, pero eso no tenía por qué decir nada.

–Has estado toda la noche muy callada –dijo Rick sin darle importancia–, y no has tocado la copa de vino.

–Creo que este calor me está afectando –dijo sonriendo–, pero no me puedo quejar. En Londres llueve y hace frío en este momento.

–¿Cómo sabes el tiempo que hace en Londres ahora? –Rick parpadeó y vio como ella se sonrojaba.

–Porque siempre llueve y hace frío –respondió ella con prontitud. Lucy no quería decirle nada de la llamada de Mel porque eso les llevaría a hablar de Kris y ya estaba cansada del tema. Ni siquiera pensaba llamarlo. Tendría que esperar a que volviera a casa.

La camarera trajo sus cafés, y Lucy intentó relajarse y disfrutar del momento.

–Es una noche preciosa, Rick. Gracias.

La mirada de Rick pareció hacerse más intensa.

–Me alcgro de que estés disfrutando.

¿Qué le diría si le pedía una decisión? Se preguntó, aterrada. Ya no podría decir que sí.

Rick había dejado claro que sólo quería tener una aventura con ella. No era hombre de compromisos y un bebé implica el compromiso más grande de todos.

Se aclaró la garganta, nerviosa. Todo aquello eran hipótesis, porque no estaba segura de estar embarazada. Entonces se dio cuenta de que podía saberlo. Había un médico a bordo del barco, se había sentado a su lado en la cena de la noche anterior.

–¿A qué hora zarpa el barco esta noche?

–A las nueve y media –contestó él.

Lucy apartó la taza de café. El olor que tanto le gustaba ahora le producía náuseas.

—¿Nos marchamos? —preguntó Rick, y ella asintió.

El trayecto en taxi hasta el barco transcurrió casi en silencio. Rick le rodeó los hombros con el brazo y ella recostó la cabeza contra su hombro. Por la ventanilla entraba una brisa con olor a canela.

Siempre recordaría la Isla de las Especias como el lugar donde creyó descubrir que estaba embarazada. Entones cerró los ojos y pensó en cómo sería estar esperando un hijo de verdad. Se sintió excitada; imaginó decírselo a Rick y que él se alegraba. Se sintió feliz, pero en su interior sabía que él no se alegraría.

Karina le había advertido que ir en serio con Rick era un error.

El taxi les dejó junto al embarcadero.

—Casi lo olvido. Te he comprado una cosa —dijo Rick mientras caminaban de la mano por el pantalán. Le soltó la mano y le sacó del bolsillo una pulsera morada.

—¿Qué es? —preguntó ella con curiosidad.

—Si lo llevas en la muñeca, se supone que te cura de los mareos del barco.

—Creo que lo probaré —dijo ella riendo—. Gracias.

Rick se la colocó en la muñeca y el tacto de su piel envió ligeras descargas de deseo por todo su cuerpo. Mirándola a los ojos, le dijo:

—Espero que funcione, porque no quiero que nada te disguste, Lucy —le acarició la mejilla y ella deseó echarse a llorar, abrazarlo y decirle que era suya… pero no podía, porque estaba embarazada y eso acabaría con su relación.

—Será mejor que embarquemos —dijo ella alegremente, apartándose de él.

—Sí —él volvió a tomarle la mano mientras se dirigían al control de seguridad—. Mañana llegaremos a Antigua y allí podremos relajarnos.

Lucy intentó concentrarse en lo que él le contaba de la isla, pero lo único en lo que podía pensar era que necesitaba saber si estaba embarazada o no. Y tenía que saberlo esa misma noche.

–¿Tomamos una copa en cubierta? –preguntó Rick.

–Sí, buena idea, pero quiero ir a cambiarme primero.

–¿Qué le pasa al vestido que llevas? –preguntó él, divertido–. Estás preciosa.

–Me apetece ponerme otra cosa –se dirigió hacia el ascensor–. Vuelvo enseguida.

Sabía que la enfermería estaba un piso por debajo, pero tardó un rato en encontrarla y cuando llegó no había nadie. Disgustada, justo cuando se iba a marchar, una enfermera se asomó por la puerta de una oficina.

–¿Puedo ayudarla en algo?

–Eso espero –sonrió Lucy–. ¿Puedo pasar?

Era muy temprano cuando el barco atracó en Antigua. Lucy estaba sentada en su camarote junto a la ventana. Había hecho las maletas y había dejado una nota sobre la mesilla para Rick, disculpándose por no despedirse y agradeciéndole la oferta de trabajo en Barbados, que no podría aceptar. No le había dado ningún motivo.

Lucy se mordió el labio inferior. No podía contarle que estaba embarazada. Sería de inocentes pensar que él querría el bebé, y lo cierto era que ella sí lo quería; con toda su alma.

Tras la confirmación del doctor, había pasado toda la noche pensando en su nueva situación. Si decidía seguir adelante con el embarazo, no sólo perdería a Rick, sino su trabajo en Londres. No podría seguir allí: todo el mundo hablaría, Rick acabaría enterándose, haría cuentas y se enteraría de que él era el padre.

Conociendo a Rick, lo más probable era que quisiera comportarse honrosamente con ella, dándole dinero, pero no compromiso. Y ella no quería eso. Sería demasiado doloroso. Prefería ser independiente y estaba segura de que se las arreglaría. Al pensar en el bebé, se sintió más animada. Deseaba tanto ese niño que la decisión que había tomado de dejar su trabajo, vender su piso y trasladarse al campo, no le parecía tan costosa. El dinero del piso le permitiría comprar una casa pequeña y le daría tiempo para encontrar otro trabajo.

Pero la prioridad en ese momento era marcharse de allí, de Rick, porque si lo veía, se le partiría el corazón. Sería mejor pensar en cosas prácticas y no en algo que no podía tener. Amaba tanto a Rick que le dolía, pero tenía que ser realista.

Desde el pasillo le llegó el aviso de que el barco acababa de atracar y que los pasajeros podían desembarcar.

Alguien llamó a la puerta de su camarote: tenía que ser el mozo que iba a ayudarla con su equipaje.

Capítulo 14

AQUEL Londres gris y frío hacía juego con su estado de ánimo. Lucy estaba agotada tanto física como emocionalmente.

Como tendría que haber esperado diez horas en el aeropuerto de Antigua para tomar el vuelo a Londres, Lucy había decidido volar directamente a Barbados y de allí tomar un avión a Londres. Así ganaría tiempo. Aunque estaba muy cansada, no consiguió dormirse. La mente no paraba de darle vueltas.

¿Qué pensaría Rick cuando viera su nota? ¿Se enfadaría? ¿Se encogería de hombros y se olvidaría de ella?

El taxi se detuvo frente a su casa.

Empezaba a llover y las calles estaban oscuras y cargadas de neblina. Buscó la llave de casa en el bolso y salió del coche. El conductor sacó su bolsa del maletero y se marchó.

–¿Por qué has tardado tanto?

La voz tan familiar hizo que se girara.

Fue toda una sorpresa ver salir a Rick de un coche aparcado tras ella. Por un momento creyó sufrir alucinaciones; tal vez deseaba tanto verlo que su cerebro le estaba jugando una mala pasada.

Él se acercó. No era un sueño, estaba allí de verdad. Su corazón se hinchó de alegría y miedo, una mezcla de emociones tan fuertes que no le dejaba pensar con claridad.

—¿Qué estás haciendo aquí? —dijo ella en voz muy baja.

—Iba a hacerte exactamente la misma pregunta —su voz sonaba tranquila.

La lluvia caía con más fuerza y Rick la observó caer sobre ella, mojando su larga melena.

—Vamos a hablar dentro, Lucy —tranquilamente se inclinó y recogió su bolsa.

Lucy dudó. Tendría que dejarlo pasar y darle alguna explicación por su desaparición, pero no sabía qué decirle. No había imaginado que aquello pudiera pasar, no estaba preparada.

Rick tomó las llaves de sus manos y con gesto decidido abrió la puerta y entró.

Su casa estaba igual que antes, y sin embargo le parecía distinta. Se sentía distinta, como si al volver fuera una persona distinta. Era una sensación muy extraña.

Rick se quitó la chaqueta y se agachó para encender la chimenea. Entonces fue como si nada hubiera cambiado, como si hubiera vuelto a la noche tras la cita múltiple cuando lo invitó a su casa. Esa noche habían dormido juntos y había cambiado el rumbo de su vida para siempre.

Lucy se quitó el abrigo y lo colgó tras la puerta. Le temblaban las manos.

—¿Por qué huiste? —preguntó Rick girandose hacia ella.

—No huí —respondió, levantando la mano con un gesto decidido que Rick conocía bien, pero sin poder ocultar las sombras que empañaban sus ojos.

—Sí que lo hiciste. ¿Fue por Kris?

—¿Kris? —dijo ella, frunciendo el ceño.

—Vamos, Lucy. Sé que te llamó cuando estabas en el barco rumbo a Grenada.

–No es cierto.

–Sí que lo es, y te dijo que su relación se había terminado y que quería volver contigo. Por eso estabas tan callada cuando fuimos a cenar… Por eso te quedaste en tu camarote con la excusa de que estabas cansada. Por eso has vuelto aquí.

–¡No! –se le rompió la voz–. Te equivocas.

Rick sacudió la cabeza.

–Claro que no. Aún lo amas, ¿verdad? –ella sacudió la cabeza–. Serás una tonta si vuelves con él, Lucy –continuó él acercándose unos pasos a ella–. Volverá a hacerte daño, no puedes confiar en él –la miró y observó lo mucho que le brillaban los ojos–. Por favor, no vuelvas con él, Lucy…

Aquellas palabras le llegaron muy dentro y tuvo que tragar saliva con fuerza para deshacer el nudo de lágrimas que se le había formado en la garganta.

–No pienso volver con él.

–¿Entonces volverás a Barbados conmigo? –preguntó con firmeza.

Ella sacudió la cabeza en respuesta.

–¿Por qué no?

–No puedo –susurró, mordiéndose el labio.

–Eso no me sirve. Quiero que me des el motivo –se hizo el silencio hasta que él lo rompió–. Quiero que estés conmigo.

Lucy sentía cómo el corazón le batía contra el pecho. Aquello era más de lo que podía soportar. Lo amaba tanto, lo deseaba tanto…

–No funcionaría, Rick –logró pronunciar con esfuerzo, pero no pudo evitar que una lágrima rodara por su mejilla.

–Sí, claro que sí. Yo haría que funcionara –repuso él con decisión y después le enjugó la lágrima con la mano–. Porque te quiero, Lucy. Te quiero con todo mi corazón.

Lucy lo miró asombrada. Apenas podía creer que le hubiera dicho aquellas palabras.

–No digas eso, Rick –susurró temblorosa mientras sacudía la cabeza–. Me quieres para ocupar el hueco libre en tu cama, pero no me amas realmente.

–Sí, quiero que ocupes el hueco libre en mi cama –replicó él con dulzura–, pero también quiero que llenes los huecos vacíos de mi vida, porque sin ti, mi vida está vacía. Te quiero más de lo que puedo expresar con palabras.

Por sus mejillas rodaban ríos de lágrimas.

–Por favor, no llores –dijo él intentando detener su llanto–. Sé que tienes miedo de cometer un error y que aún sientes algo por Kris…

–No siento absolutamente nada por Kris –dijo ella con firmeza entre sollozos–. Y te equivocaste, hace siglos que no hablo con él por teléfono más que por compromiso.

–¿Entonces por qué huiste?

–No puedo decírtelo.

–Pero estábamos muy bien juntos. Siento que debemos estar juntos. ¿Tú no?

Ella sacudió la cabeza descorazonada.

–Lucy… –Rick le obligó a levantar la cabeza y la besó con tanta ternura y cariño, que la dejó sin aliento. El deseo le nubló la mente y la llevó a acercarse a él y devolverle el beso poniendo su alma en él–. ¿Ves? ¿No te das cuenta de que estamos bien juntos? Lo supe la primera vez que te besé –le apartó el pelo de la cara–, la primera vez que te abracé. He intentado no precipitar las cosas y no asustarte. Creía que si te llevaba a Barbados e íbamos poco a poco, un día empezarías a confiar en mí. Esperaba que un día quisieras convertirte en mi esposa.

Lucy se apartó ligeramente de él.

—Ahora sí que estoy alucinando —susurró ella—. ¿No te daban fobia los compromisos? Creía que para ti el trabajo era lo primero y no querías ataduras de ningún tipo.

—Ése solía ser yo antes de conocerte —sonrió Rick—, pero ahora sé que pensaba eso porque no había conocido a mi media naranja. Necesito estar seguro de todo lo que hago, y siempre tenía dudas cuando estaba con una mujer. Era fácil poner el trabajo en primer lugar y dedicarme a mis negocios, pero ahora... —la abrazó—. Ahora quiero mucho más. Sé sin duda alguna que tú eres la mujer perfecta para mí y te quiero tanto que me duele.

Lucy consiguió esbozar una sonrisa temblorosa. Se sentía como si estuviera en un sueño y tal vez despertara en el momento más inesperado en el avión sobrevolando Londres.

—Creo que vas a tener más de lo que te esperabas conmigo —murmuró ella.

—Oh, eso ya lo sé. Es una de las cosas que me gustan de ti.

Lucy se apartó de él.

—Entonces… cuando me pediste que fuera tu amante, ¿lo que realmente querías era que fuera tu esposa?

—Así es. Pero creí que si te lo decía, te marcharías a toda velocidad, que es lo que has acabado haciendo —torció los labios—. He tenido que pasar al Plan B.

—¿Y éste es el Plan B? —dijo ella con una sonrisa—. ¿Seguirme hasta Londres y poner las cartas sobre la mesa?

—Y no voy a aceptar un no por respuesta, Lucy. Si no quieres vivir en Barbados, yo me trasladaré a Londres.

—¿Harías eso por mí?

—Haría cualquier cosa por ti —dijo él con suavidad.

—Entonces creo que yo también debería poner las cartas sobre la mesa —tomó aire y se preparó—. Rick, la razón por la que volví a Londres con tanta rapidez es que estoy embarazada de ti —sus palabras cayeron en un abismo de silencio. Él estaba asombrado—. Sé que eso cambia las cosas —le tembló un poco la voz—, y aunque hayas dicho que me quieres, no te voy a pedir nada.

—¿Estás embarazada? —preguntó él con los ojos muy abiertos.

—Me enteré ayer —asintió ella.

—¿Y no ibas a decírmelo? —dijo, con los ojos entrecerrados.

—Creía que no sentías nada serio por mí y no quería que te sintieras obligado… Sabía lo poco que te gustaba el compromiso, así que…

—Así que te marchaste y no me dijiste nada —ahora su voz sonaba enfadada.

—No quería hacerlo, pero no creí tener otra opción… No me habías dicho que me querías —de repente, se le llenaron los ojos de lágrimas.

—Oh, por Dios, Lucy, no llores —él la abrazó y la condujo hacia el sofá—. Vamos, siéntate. No deberías disgustarte de ese modo, en tu estado, y tampoco deberías llevar esa ropa mojada.

—Deja de incordiarme —pidió ella.

—Alguien tiene que hacerlo —Rick fue al baño y volvió con una toalla—. Acabas de cruzar medio mundo, estás agotada y necesitas cuidarte —se sentó junto a ella—. Yo necesito cuidarte —corrigió.

Ella lo miró con dureza.

—No tienes que hacerlo. Puedo apañármelas sola.

Rick la miró con las cejas levantadas.

–No estás sola, Lucy –dijo con ternura–, así que no vas a tener que «apañártelas». Quieres tener el niño, ¿verdad?

Ella se dio cuenta de lo pálido que estaba mientras esperaba su respuesta.

–Claro que quiero tenerlo –repuso ella.

Él le pasó la mano por el pelo, claramente aliviado.

–Me alegro mucho de oír eso.

–Entonces, ¿no te importa que esté embarazada? –dijo ella, mirándolo dubitativa.

–¿Que si me importa? Claro que no, es sólo que estoy un poco impresionado.

–No tienes que estar conmigo sólo porque estoy embarazada.

–¿Acaso no has escuchado nada de lo que te he dicho? –murmuró él mirándola a los ojos–. Te quiero.

–Ya sé lo que has dicho… –le temblaba la voz–. Pero un hijo cambia muchas cosas.

–Sí, un hijo hace que las cosas sean aún más especiales –la abrazó y la besó.

Ella le devolvió el beso sin poder contener el temblor de sus labios.

–Te quiero muchísimo, Lucy –le colocó la mano sobre el estómago–, y también quiero a nuestro bebé. Y quiero cuidar de ti y protegerte para siempre.

Ella empezó a llorar de nuevo.

–Lo siento, deben ser las hormonas –se enjugó las lágrimas–. Yo también te quiero, Rick.

–¡En serio! –Rick se sentó y la miró a los ojos.

–Claro que sí. He intentado evitarlo, eso es todo.

–¿En serio? –su voz sonaba tan sorprendida y tan complacida que ella se echó a reír. Él la atrajo a sus brazos y la abrazó con fuerza para volver a besarla con pasión–. Repite eso –le murmuró seductoramente al oído.

–Te quiero, Rick –le dijo con serenidad–. Te quiero más de lo que he querido nunca a nadie. Incluso a Kris –añadió con firmeza.

–¿Y confías en mí?

Ella asintió.

–¿Lo suficiente como para darle una última oportunidad al matrimonio?

Ella tragó saliva.

–Sí. Lo suficiente como para darle una última oportunidad al matrimonio.

Él la miró con reverencia.

–Y esta vez será para siempre –prometió.

¡Escapa con los Romances de Harlequin!

¡Nuevos
títulos
cada mes!

Bianca Historias de amor internacionales

Deseo Apasionadas y sensuales

Jazmín Romances modernos

Julia Vida, amor y familia

Fuego Lecturas ardientes

¡Compra tus novelas hoy!

Disponibles en el departamento de libros de tu tienda local

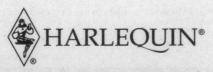

HARLEQUIN®

Bianca®

**Había pasado de dependienta de una tienda...
a prometida de un millonario**

El guapo y rico Dante di Andrea estaba completamente fuera del alcance de Bliss Maguire... Y seguía estándolo después de hacer el amor con él porque Bliss sabía que no tenía nada que ofrecerle para que se quedara con ella.

Pero se equivocaba. El deseo lo llevó hasta ella una vez más... y después Bliss descubrió que estaba embarazada. Dante estaba furioso; él era hijo ilegítimo y no tenía la menor intención de que un hijo suyo sufriera lo que él había sufrido.

Sin embargo Bliss no estaba satisfecha con la proposición de Dante... ella quería algo más.

Hijo ilegítimo

Maggie Cox

Deseo®

Desafío al jeque
Kristi Gold

La bella Raina Kahlil estaba contenta hasta que su ausente prometido, el jeque Dharr Halim, decidió llevársela a su reino para visitar a su familia y no para casarse. Debía resistirse a la atracción que su prometido le inspiraba, a pesar de que se había estado reservando para él.

Dharr se había preparado para casarse algún día con Raina a pesar de que no la amaba. Pero ella parecía empeñada en llegar hasta su fortificado corazón...

Cuanto más apasionados eran sus encuentros, más perdía él la razón y más deseaba rendirse a ella...